これからの私をつくる29の美しいこと

光野 桃

講談社

似合うまでに三十年。その歳月も
また、おしゃれの時間

日傘のなかでふと、はにかむように
微笑むひと。日本の女性は美しい

清められた空間に光と影が行き交う。
歳を重ねて実感する「陰翳礼讃《いんえいらいさん》」

あけび蔓の籠に触れた瞬間、手に
流れ込む、大いなる山のエネルギー

北の大海原に向かって魂を解き放つ。
全身で叫んでみる

新年のしつらえを古来からの植物で。
新しい一歩を瑞々しく踏み出す

目次

はじめに　12

第一章　おしゃれをつくる

人生をともに歩む、パールという名の伴走者　16
和籠を愛する　22
秘密の香り　26
光の編み物―CIANSUMI《チャンスミ》の美の世界　30
日傘とハンカチーフ　34
リトアニアの手仕事と暮らす　37
ミラノ、翡翠の思い出　40
マグカップに「もののあはれ」が宿るとき　46
陰翳礼讃《いんえいらいさん》　51
希望という名の服―岸山沙代子「saqu·i《サキ》」の世界　53

第二章

心とからだをつくる

愛を受けとる　64
正しく立ち、きれいに歩く　68
笑顔じゃなくても　72
大切なことは小さな声で、ささやくように語りかける　77
影の美、いのちの模様　81
しなやかな生命力　85
ミモザの日　89
まめに「憩う」　92
からだを冷やさず涼をとる、南インド家庭・スパイスの知恵　96
小さな花を、ふだんの器で気軽に飾る　100
ラウンドブーケ、そして名もない花を飾る　103

第三章

未来をつくる

トイレのダーラナ家族 112
えっ、わたしって子離れできてなかったの!? 118
写真集『ひろしま』をひもといて 130
なぜか泣けてしまった――沖潤子展「月と蛹《さなぎ》」を観て 136
無心の美――二見光宇馬・陶仏の世界 142
何かがある、根室 149
心が震えた言葉 158
四十代は「人生の土台」をつくるとき 164

季節の知恵をゆっくり楽しむ、ゆる歳時記

春の養生　春分　58
初夏の養生　立夏　60
真夏の養生　土用　106
秋の養生　寒露　108
初冬の養生　冬至　170
真冬の養生　土用　172

おわりに　174

はじめに

心のよりどころを持っていますか。
それはあなただけの、いつでも返っていかれる場所のことです。
そこに行くと、仕事からも、妻や母、娘といった立場からも、年齢からも、もしかしたら性別からも解き放たれ、
ただ一個の瑞々しく息づく生命体として
とても自然にいることができる――そんな場所。
たとえば、お母さんのつくってくれた塩にぎりの味の記憶だったり、
夏の夕暮れどきに、木漏れ日が金色に揺れる見慣れた窓辺の情景だったり、
ふと見つけた、三歳のころの写真に写る子どもの自分の姿だったり、
とりたてて高価でも豪華でもなく、

日々を走るように過ごしていると見逃してしまうような、
ささやかな、目立たぬ場所かもしれません。
けれど、それらを心に持っているといないとでは安心感が違います。
いまは、生きることが不穏と混沌のなかにある時代です。
そんな時代にあっても美の力はあなたの想像力を育み、深い呼吸をもたらしながら
しっかりとした人生の土台を築く支えになるでしょう。
この本には、わたしがよりどころにしている
二十九の「美しいこと」を書きました。
物もひとも自然もおしゃれも、言葉もあります。
そして、四季を楽しみ、ゆっくり暮らすための「ゆる歳時記」も。
ふと、迷いを感じたら、
さみしいと心が呟《つぶや》いたら、
どこからでもいいので
ページをめくってみてください。

第一章

おしゃれをつくる

人生をともに歩む、パールという名の伴走者

四十代の終わりのころ、ある決意をしました。それは、持っているパールのネックレスを直す、ということです。

母から譲られた真円のホワイトパールのネックレス。フォーマル用にと母がずっと以前に購入したもので、しかしつけたところをほとんど見たことがありませんでした。

「パールは身につけずにしまっておくと、輝きが失せてしまうらしいの。だからあなた、Tシャツでもジーパンのシャツ（ダンガリーのことを母はこう呼んでいました）でも、どんどんつけてちょうだい」

と手渡されました。

なにを無茶な、と思いながらも、ためしに白黒のボーダーTシャツに合わせてみると、そう悪くない。でも、やっぱり「首だけフォーマル」感はいなめず、どうしたも

のかなあ、と十年近く考えあぐねていました。

冠婚葬祭でも、結婚式などの華やかな場には着物で行くことが多く、弔事にはあまりアクセサリーをつけないので、出番はなかなかありませんでした。

わたしの四十代は一九九〇年代の半ばころ。自分史上最高にコンサバティブなおしゃれをしていた時代でした。当時、凝っていたのは蜂蜜色のスタイル。秋の稲穂を思わせるような香ばしいイエローベージュの麻のパンツスーツや、イタリアでパンナ色と呼ばれる、とろりと甘い白ベージュのテントシルエットのライトコートに、同素材のワンピース、それに同系色のスカーフを垂らす、といった装いでした。

とはいえこれは仕事着で、ほとんどの時間はジャージを着て慌ただしく家事をし、明け方まで書斎で机に向かう生活でした。だからこそ、外に出て、ひとに会う日にはおしゃれしたかった。

人生のなかで、四十代というのは円熟と若さのバランスがとれ、おしゃれのしがいがある年齢です。いまのファッションはごくカジュアル、エイジレスだから、ある日突然いままでの服が似合わなくなるといった現象も起こるのだと思いますが、人生を俯瞰《ふかん》してみると「堂々たる女ざかり」です。

でも、そんなわたしの女ざかりは忙しい仕事と家庭、子育てですり減っていました。なにかひとつ、確固たるものがほしい。わたしは心の奥底に、そんな叫びがあることに気がつきました。なにものにも揺らがない、確固たる美。日々の暮らしにそっと寄り添ってくれる、饒舌すぎないものが——。

そう考えたとき、寝かせていた母のパールを起こして、おしゃれの、そして人生の味方になってもらおうと一大決心をしたのです。

パールに限らず、ジュエリーは肌につけていないと、なんとなく元気がなくなっていきます。とにかく手で触れ、近くに置いて視線を掛けてやらないと、物というのはすさんでくるのです。

ジュエリーは鉱物、ましてパールは異物を体内で育てるといった、貝の苦しみから生まれる涙の結晶のようなものなので、つまりは生きているからです。

「できれば毎日つけたいのですが……」

仕事で出会い、親しくさせていただいていたジュエリーサロンのマダムのところに母のパールを持っていき、相談しました。

「パールの粒と粒の間を少し離すように、ホワイトゴールドか18金で編み直したらどうかしら。そうすれば長さの調整もできるし、粒と粒の間に空間ができることで動きが生まれてくるの。だからカジュアル感が増して合わせやすいし、その動きがつけたひとをきれいに見せてくれるのよ」

彼女はそう言って、ご自身のつけているバロックパールのネックレスを見せてくれました。

パールを編み直すことは、少し勇気のいることでした。けれど、でき上がってきたネックレスを見て、思わず声を上げてしまいました。ちょっと澄まし顔だったパールが、親しい友人のような朗らかな、親しみ深い表情に変わっていたからです。

それ以来、オードリー・ヘプバーンの映画に出てくるようなシンプルなタートルセーターや、Tシャツ、デニムにも違和感なく合わせられるようになり、パールはわたしにとって日常のジュエリーになりました。

日々、パールを身につけていると、新しいつけ方も気になってきます。サロンのスタッフの方たちから、ふたつの素敵な方法を教えていただきました。

ひとつは「うずめる」。

モヘアなどの毛足の長いプルオーバーに、やや長めのネックレスやペンダントをつけます。パールが毛足のなかにうずもれているように見え、その質感のコントラストがとても新鮮で、可愛いのです。

もうひとつは「隠す」。

Vネックでもラウンドでも、襟あきと自分のデコルテのバランスを見ながら長さを決めると、ふとした動きで、ネックレスの先端やサイドの部分が襟に隠れることがあります。それがとてもエレガント。大人の女性にしか出せない、清潔な官能性も感じられます。

ネックレスの長さは、着たい服を持って、あるいは着ていって決めると失敗がありません。また、バロックパールであれば、合わせる服もつけていく場所もさらに広がるでしょう。

わたしの最初のパールネックレスは、何年か後に母の形見となり、お世話になった方に譲りました。

パールは、貝が生み出す有機的なやわらかさをもつからでしょうか、悲しみも喜びも静かに受け止め、ともに生きる、まるで人生の伴走者のように思えてなりません。

そして二本目のパールは
カジュアルに。
Tシャツにも気軽に
つけて、ピアスは
毎日一緒に

和籠を愛する

五十歳を過ぎて人生に新しく、和籠が加わりました。幼いころから籠好きでしたが、和籠は渋すぎて、長い間どんなふうに持てばいいのかわからなかった。洋服とのコーディネイトがまったく思い浮かばなかったのです。それが、友人がはじめた籠のギャラリーに通い、かつてないほどたくさんの作品や道具に触れ、作家さんや職人さんたちの編む姿を間近に見たり、お話を聞いたりしているうちに、和籠がにわかに身近になってきました。

その魅力のひとつは、質感です。触れると指から自然の息吹のようなものが伝わってくるのです。籠はワードローブにしまわずに、寝室に置いているのですが、しんと静まりかえった夜中に、籠たちは明らかに呼吸しているような気がします。それも、きれいな息を吐いている。

その端正な姿を眺めていると、自分まで清められるような気がします。
二〇一六年の暮れに、あけび蔓の籠（口絵）が届きました。秋田のあけび蔓細工職人、中川原信一さんがつくられたものです。注文してから一年ほど待ちました。中川原さんのことは、拙著『自由を着る』のなかで「籠を育てる」というエッセイに書きましたが、彼の手になる籠に直接触れたのは初めてでした。

持ち手を摑んだ瞬間、強いエネルギーが全身に流れ込みました。手で丹精込めてつくられたものはすごい力をもっているのですね。

絶妙に曲線を描く本体。縁や持ち手の巻き方の芸術的と言えるほどの仕上がりも、すべては使うひとのため、使われる籠のためなのです。座って膝に抱えたときに掌や腕に触れる感触が優しく、けれどひ弱ではない。その確かな強靱《きょうじん》さは、地球の核に繋がっているかのようです。

これほどの物づくりをされるのに、中川原さんのお話にはいつも、ある切なさがあります。

いまは山が荒れていて、間伐しないことで木々が弱り、そうなると山全体が弱って、いいあけび蔓がなかなか手に入らないこと。

若いころ、籠づくりの師匠であったお父さまから、晩酌のとき、いつも「おまえにはすまないことをした」と言われたこと。

その理由は、籠づくりだけで「食べていかれる」ことがごくまれだからです。中川原さんもお父さまも籠づくりで生計を立ててきたそのまれな方々なのですが、お父さまの息子を思う気持ちには胸を衝かれました。

北国の農閑期、家族総出で籠を編む。子どもたちも教えてもらわず、見て覚える。その前にまず、蔓や竹を、編むための籤《ひご》にする天日干しや水浸けなどの根気のいる長い作業があります。籠をつくる人々の喜びも悲しみも、すべて編み込まれ、それでいて主張しない。潔く、美しい在り方……。

こんな見方は、若いころにはできませんでした。物の背景の物語にまで、気持ちが及ばなかった。でも、背景を知ることで物との関わり方が深くなることを体験しました。服とのコーディネイトがわからない、と思っていたのに、いまは毎日のコートにスニーカーで普通に持っています。

歳をとって重くなった分、和籠を受け止められるようになったのかな。そんなわたしの重さを放出し、身も心も軽やかにしてくれるのもまた、和籠なのです。

籠編みの真髄は
持ち手と縁にある。
精緻を極めた
その繊細な表情。
美しすぎて切なくなる

秘密の香り

「フエギア１８３３」というパフュームブランドに、香りのプロファイリングをしてもらいに行ってきました。

さまざまな質問から、そのひとのもっとも好む香りを探し出す、というものです。フエギア１８３３は南米パタゴニア発のフレグランスブランドで、香りもエキゾチックながら、ひとつひとつのネーミングが素敵です。たとえば、アルゼンチンを代表する詩人・小説家のボルヘスをイメージしたコレクションには「バベルの図書館」や、煙草の煙で燻《いぶ》された古い木造の店「プルペリーア」といった名前がつけられています。

調香師であるジュリアン・ベデルさんの心の赴くままに、文学や音楽、動物、偉人、風土などから喚起された詩的イメージがちりばめられて、とても興味を惹かれます。

そもそも香りは、いい匂いを与えてくれるだけでなく、その香りのもつ世界観に浸る喜びがあると思うのですが、そんな気持ちを満たしてくれるものには、いままでなかなか巡り合えませんでした。

予約した当日、ブティックを訪ねると、ストアマネージャーのHさんがカルテのような質問表を抱えて横に立ち、プロファイリングがはじまりました。好きな食べ物や色といった質問から、しばらくすると好きな季節、時間帯、感触などを訊かれ、自問自答しないとすぐには答えられなくなってきます。

ひととおり質問が終わると、次はHさんが選んで渡してくれるムエットを次々に嗅いでいき、好きなものを残していきます。

似ているようで微妙に違う香り。一瞬、好きと思っても、すぐに飽きてしまう香り。気まぐれで、奥が深く、まるで優しさとわかりにくさの両方を備えた美少年のよう。摑もうとしても、するりとかわされてしまいます。三十分ほどもテイスティングしたでしょうか。最後に残った香りを確認して決めました。

プロファイリングによって選び出されたわたしの香り、それは「南米に息づく、実在と想像の動物たちをヒントに、人間の秘められた心を紐解くコレクション」のなかの「フエムル」。アンデスの森を駆け抜け、恋をするゲマルジカの香りでした。

これまでずっと好んでいたアンバー系でもなく、Hさんがわたしの第一印象から思っていたフローラル系でもなく、ムスクとジャスミンの、透明な春の甘い雨のような、静謐で官能的な初めての香りを心から好きになりました。

この香りをピックアップした理由をHさんに伺ってみると、「寒い季節が好きなのに、カシミアの感触を好まれたり、朝型の暮らしをしているのに、好きな時間帯は薄暮の青い夕刻、というように、ミツノさんは相反する嗜好をおもちなんですよね。そこから分析して選んでいきました」。

なるほど――気がつかなかった。相反するものが好きだったとは。知っているようで知らなかった自分の好み。それをピタリと当てられて、まるで心の奥深くにあるものを香りという形にして取り出して見せてもらったような、不思議な感覚を覚えました。

香りはごくパーソナルなもの。でも、つい人気で選んだり、ボトルが可愛いから、友だちと同じだから、彼が好むから、と香り自体の好みとは違う理由で選びがちです。

そんな選び方も悪くはないですが、深層心理から立ち現れた香りをもっていると、心の支えになるかもしれません。それは誰も知らない、自分だけの秘密なのですから。

香りは巧まずして
そのひとのすべてを
物語る。だからこそ
客観的な視点で
選ぶのも心たのしい

光の編み物―CIANSUMI《チャンスミ》の美の世界

いま、とても惹かれている手編みのバッグとアクセサリーのプライベートレーベル「CIANSUMI（チャンスミ）」をご紹介します。

初めてCIANSUMIを知ったのは、二〇一五年の秋。木のオブジェと組み合わせられたニットの小さなポシェットの写真を見て、心惹かれたのです。

そして、二〇一七年春の展示会へ。渋谷のギャラリーを訪ねると、コンクリート打ちっ放しの白い光のなかに、あるものはポツリと、あるものはフワリと、またあるものは半分消えかかったかのように、作品たちが存在していました。

軽やかで、光を感じ、でもそれだけではありません。これまでわたしが素敵だと思ってきたものの価値観を覆す、一歩先を行くデザインなのです。

でも、その理由をすぐには言葉にすることができませんでした。ある意味、衝撃を受け、少したじろいでもいたのです。

蛍光灯の白い光を美しい、格好いい、と感じたのも生まれて初めてのこと。こんなに新しく、可愛く、心地よく、なのに、春の夜の嵐に心の奥を揺さぶられるような、胸をかき乱されるような気持ちになるのはなぜなのだろう。

光のなかに溶けていきそうなチャーミングな作品群でありながら、一本筋の通った気骨が、どの作品にも潜んでいるような気がしました。

美術大学でテキスタイルデザインを専攻されたというつくり手、中村須彌子さんが、編むという手法に魅せられたのは、大学時代に友人からニット帽をつくってほしい、と頼まれたことが最初だといいます。

卒業制作では、いろいろなメーカーのセロハンテープなどを繋げて糸代わりにして帽子を編み、バッグやアクセサリーもつくりはじめ、糸状のものであればどんな素材でもかぎ針一本で形になる、その自由さに魅せられて、在学中にレーベルを立ち上げました。

そのレーベル名の由来も、自分の呼び名を逆さ読みしただけという軽やかさ。

美しいと思う、その一瞬を形にしてとどめたい、バッグやアクセサリーとして利便性を追求して完成させるより、糸がかたちづくる「きれいだな」と感じる瞬間を、すみやかに切り取って提供したい——それが中村さんの物づくりの基本的な考え方です。

確かに、CIANSUMIのバッグやアクセサリーを前にして、一瞬、戸惑うこともあります。スケスケだ！　とか長財布が入らない、とか、どうやって持つのだろう、つけるのだろう、と考えさせせられるからです。

でも、しばらく見ているうちに、トートバッグにはきれいな布や小さな花束を入れたら可愛いかも、とか、長財布はもう持たなくてもいい、とか、発見とイマジネーションが湧き起こり、楽しくなってくるのです。

CIANSUMIの物づくりは、それを手に取るとき、当たり前だと思っていた価値観がグルリと一回転し、細胞と細胞の間に風が吹き通り、自由な隙間ができる、そんな感覚をもたらしてくれます。

受注会でのオーダー制作による、一点一点手づくりされた作品は、手に入れるまでの道のりも長いけれど、おしゃれの呼吸をゆっくりと、丁寧にしてくれる気がするのです。

造花やコサージュの芯に
使われるペップという
堅い素材を編んだ
ブローチ。光のなかに
溶けてしまいそうだが、
実は強い印象を与える

日傘とハンカチーフ

初夏になると、いつも思い出す情景があります。

それはまだ幼かったころ、母と二人で出かけるときのこと。

新緑が萌える川のほとりの並木道を歩いて駅に向かう途中、ひときわ大きな桜の木の下へ来ると、母は決まって「ちょっと待ってね」と立ち止まり、繋いでいた手を離して汗をぬぐうのです。

手を離された心もとなさに、思わず見上げると、母はハンドバッグから取り出した純白のハンカチーフを、そっと額に当てています。

もう一方の手でレースの日傘をさしたまま、ああ、暑い……と呟《つぶや》くように言う母に、家でなじんだお母さんとは違う、ひとりの女のひとを感じて、どきりとしました。

昭和三十年代、婦人たちは夏となればいち早くコットンやサマーウールの鮮やかな花柄のワンピースに着替え、太いも細いも関係なくおおらかにノースリーブから腕を出していました。

　着物の決まりごとに六月には単衣、とあるのと同じように、夏はノースリーブ、と決まっていたのでしょう。そしてお出かけには白のバックストラップパンプスとお揃いのハンドバッグ。むき出しになった母のふくよかな二の腕を目にすると、わたしはなぜか安心し、日傘の下でまた手を繫ぎ、歩き出すのでした。

　日傘をさす女のひとほど美しい佇まいはない、とわたしは思います。夏の白い光のなかをゆっくりと歩いていく姿は、日本女性の美質をすべて表しているような気がするからです。穏やかで、たおやかで控えめ。それでいて芯のところは強く、自立している。

　日傘はカップルで歩くにはふさわしくありません。ひとりだからこその詩情が、傘のつくる光と影のあわいに溢れ出るのです。

　母の面影を追いかけるように、そんな日傘を探し続けて、十年。やっと見つけた理想の日傘（口絵）は、幼いころから傘が好きだったというオーナーデザイナー、井部祐子さんの「ボンボンストア」のものでした。

綿素材百パーセントの純白のレース。光の陰影と白のレフ板効果で、さすひと誰をもきれいに見せてくれます。長さ四十センチという小ぶりなサイズ、ハンドルは楓で、手に優しいところも気に入りました。

そしてハンカチーフは、白い麻かスワトウ刺繡のものを。

日傘の下で汗をぬぐう母のしぐさにときめいたときから、いつか大人になったら、と心に決めた、わたしの夏仕度です。

リトアニアの手仕事と暮らす

リトアニアはヨーロッパの北東、バルト海に面したバルト三国のひとつです。北からエストニア、ラトビア、そしてもっとも南に位置するのがリトアニア。人口約二百八十万人、国土は北海道のおよそ八十パーセントの広さです。

わたしがリトアニアの手仕事を知ったのは、東京・白山《はくさん》の「ｇａｌｌｅｒｙ ＫＥＩＡＮ」で、リトアニアのデザインとクラフトを紹介する展覧会を観たときでした。リトアニアはリネンで有名なので、麻好きのわたしはワクワクして出かけました。

そこで出会ったリトアニアリネンのレースや織物の、精緻で澄んだ美しさに息を呑みました。それは想像をはるかに超えるものでした。こうべを垂れて静かに黙禱《もくとう》したくなるような、敬虔《けいけん》さと地に足のついた力強さに満ちていたのです。

それらはどこか、日本の北国でつくられる刺し子や籠に似た空気も感じられ、暮らしのなかに自然になじんでくれそうでした。コースターや小さな籠をいくつか求め、リトアニアの空気を部屋に招き入れました。

「ｇａｌｌｅｒｙ ＫＥＩＡＮ」の展覧会を支えたのは、リトアニアのデザインやクラフトを扱う「ＬＴｓｈｏｐ」を東京・青山で営む松田沙織さんです。その後、知人を介して松田さんと出会い、その熱く大きなリトアニア愛に感動しました。

リトアニアの冬は雪深く、陽射しも薄い日々が長く続きます。そのせいか、光を感じさせるクラフトが目に留まります。たとえばリシュタス・ティンクラスという、麻糸を束ねて結んだリネンレース。この伝統的なレースはいま、編み手がおらず、松田さんが何年もかかって探し当てた手芸のスーパーおばあちゃん、ヤニナさんの手になるもの。素朴さのなかに、遠くから見ると光を放つようにも見え、また麻糸の強さがリトアニアの人々の強靭《きょうじん》な精神力を思わせ、見ているだけで元気が出てきます。

また、伝統的な装飾品でお守りでもあるソダスは、気の遠くなるような細かな細工でできています。暗い部屋のなかに吊り下げられていると、光線が幾重にも折り重なって注がれているようにも見えます。闇の時間を心豊かに過ごす月光のクラフトデザイン。リトアニアの手仕事には、心を浄化させる力を感じないではいられません。

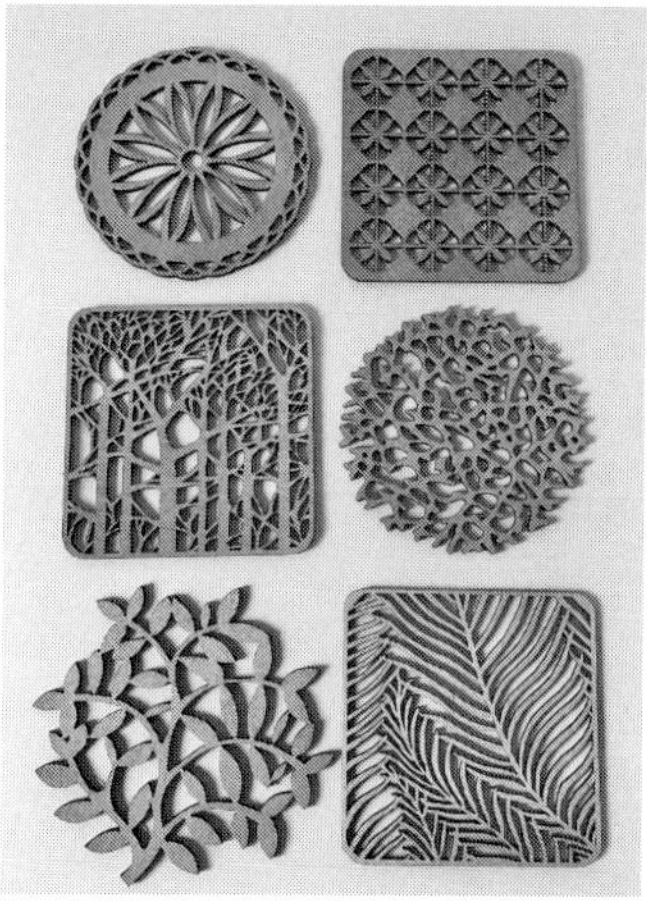

左上から時計回りに
麻糸のレース、
リシュタス・ティンクラス。
ライ麦の茎に麻糸を通して
幾何学模様に編んだ
伝統の装飾品、ソダス。
レースのように繊細な
木のコースター。
キノコ採りに使う伝統的な
ヘーゼルナッツの籠

ミラノ、翡翠の思い出

そのピアス（口絵）を初めて見たとき、心を鷲掴みにされたような衝撃を覚えました。この深い艶やかなグリーンはなんなのだろう。ウインドーを覗き込んで見ると、蝶のような彫刻が施されていて、どこかオリエンタルな雰囲気を感じさせます。翡翠だ、と確信しました。

出会ったのはいまから三十年ほど前。ミラノのブレラ地区の美しい小路にある店でした。

わたしは三十二歳のとき、一歳の娘を連れて、転勤する家人とともにミラノに移り住みました。そして、言葉もわからず、相談できる母親も友だちも遠い、孤独のなかでの子育てがはじまりました。

朝から晩まで待ったなしの暮らしのなかで、わずかな慰めといえば、大好きなブレラ美術館のあるブレラ地区を、バギーに乗せた娘とともに散策することでした。翡翠のピアスに出会ってから、散策コースは決まってその店の前を通るようになりました。

それからしばらくして、娘を週三日、保育園に預かってもらうことにしました。そしてそこでも、素敵な翡翠のピアスをするお母さんに出会ったのです。

濃いブラウンの長い髪の間から覗く小さなグリーンのフープ型のピアス。

言葉を交わすことはなくても、いつしか黙礼をするようになっていました。すっきりしたネイビーやグレーのジャケットを着て、忙しそうに去っていくそのひとの、耳元の翡翠だけが、ドラマティックな印象です。

あるとき、彼女が珍しく白いシャツを着て、髪をアップにしていました。耳元にはいつものピアス。わたしは思わず、「ピアス、素敵ね」と声をかけていました。すると彼女は嬉しそうに、これは二十歳の誕生日に祖母からプレゼントされたもので、気に入って何年もつけている、と言うのです。

当時のわたしにとって、何年も同じピアスだけを大切につけ続ける、という発想は驚きでした。

わたしも何か、思い出が宿るジュエリーをつけたい……そう思いました。キラキラと光る石より、光を吸い込むような翡翠が素敵だな。控えめな、けれど深い森を思わせる光は、彼女の思慮深さを表しているような気がしました。

ブレラ地区のジュエリー店は「MGB」という名前でした。店主であるデザイナー、マリア・グラツィア・バルダンの頭文字をとったものです。

マリア・グラツィアのジュエリーは、珊瑚やターコイズに東洋の古いコインなどを組み合わせたデザインが特徴的で、ハイブランドとはまた違う、個性的な顧客たちに愛されていました。

そしてなにより、マリア・グラツィアが本当に美しい女性でした。

ミラノのマダムは母性的なひとが多く、それに加えて女としても自立しています。甘ったれた感じのひとや、若づくりして地に足のつかないようなひとはあまり見かけません。それでいて、社会全体が女性に求める価値観の第一は「官能的であること」ですから、なかなか一筋縄ではいきません。マニッシュな服装を好むひとが多いことも、ミラノ流のひとつ捻《ひね》ったセンシュアルの演出だと言えます。

マリア・グラツィアの、温かさの滲み出る笑顔と、ひとり立って生きていく凜々しさと、恋人に見せるチャーミングな貌は、幾度となく店に通っているうちに、強い憧れとなっていきました。

四年ほどが過ぎ、日本に帰国する日が近づいてきました。

ミラノの思い出にMGBのピアスを買おう、わたしはそう決めて密かにお金を貯めていました。勇気のいる買い物でしたが、辛いことも何とか乗り越えてきたミラノの日々の思い出に、ほしかったのです。

帰国があと一週間に迫った日、おしゃれをしてMGBに行きました。そしてあの翡翠をつけてみると、悲しいかな、少しも似合いません。

わたしの顔が、いや全身から醸し出すものが、完全に負けていました。お呼びでない？　そんな言葉が頭のなかをぐるぐるとまわります。マリア・グラツィアも、心なしか悲しそうな顔をしてこちらを見ています。そうか、やっぱりあなたも似合わないと思うのね。

けれどわたしはそれを購入しました。これだけ美しい翡翠にはもう二度と会えないだろう、いまは似合わないけれど、これから時間をかけて似合わせていけばいい……と。

四十代、五十代と、いろいろな服に合わせてみましたが、なかなか似合うようにはなってくれません。そしていま六十代を迎えて、やっと少しだけ距離が縮まりました。

頬や首が痩せて、陰影が出たのがよかったのでしょう。張りのある若い肌には、翡翠はまだふさわしくなかったのです。

合わせる服は、夏はリネンのシンプルなワンピース、冬は毛足の長いウールのあっさりしたデザインのノーカラーコートに、という組み合わせが目下のところ気に入っています。

ひとつのジュエリーを、何十年もかけて似合わせていくこと……。

三十代のあの日、わたしは未来を買ったのかもしれません。もっと言えば、未来の自分への希望を。

流行にあまり左右されず、経年変化しない鉱物は、長い時間を宿すのにふさわしいものです。時と思い出。それらを内包するものを少しだけ持って生きていきたい……いま、そんな気持ちでいます。

ピアスに出会ったころ、
女らしさに劣等感が。
でもいまは、
六十過ぎても心は少年。
自分の素を受け入れた

マグカップに「もののあはれ」が宿るとき

最初の印象は、「こりゃ、なんだ!?」というものでした。素材は革？　エイか何かの？　見ようによっては爬虫類に見えなくもない。見ようによっては気持ち悪いというひともいるかもしれない、シボシボの表面。

でもそのマグカップ、持ち手のブルーがなんと深くて美しいのだろう。しかも二つの愛らしい花で留められている。可愛い！　可愛コワイ！

手に取ってみると軽やかな陶器で、カップの裾は少しだけ広がって、スカートを穿いているようにも見えます。

この複雑な美。古典的にも現代的にも感じられ、和のようでも洋のようでもある。ひと言では表現し得ない、かつて見たことのない多面的なこの美しさこそ、わたしが長年求めてきたものかもしれない、と思いました。

陶芸家、スティーブ・ハリソンは一九六七年生まれの英国人。ロイヤル・アカデミー・オブ・アーツの大学院を修了後、ロンドンの自宅とウェールズに窯を持ち、制作しています。

マグカップを購入した「ギャラリー久我」の久我恭子さんによれば、スティーブの素晴らしさは第一に、時代も国境も越えている、ということ。

確かに、どこか中国的な印象もあり、また、三年間暮らした懐かしいアラブを思い出すところもある。それでいて随所に顔をのぞかせるユーモアはヨーロッパ的です。このマグカップを漆器や日本の急須と組み合わせるのが好きなのですが、どんな組み合わせでもしっくり馴染んでしまいます。

そして、その懐の深さを感じるとき、日本文化もまた、外来のものとオリジナルの感性とが混ざり合い、長い年月を経て陶器のように窯変《ようへん》したものなのだ、と気づかされました。

美によって国境を越える、時代も越える。それを感じたとき、わたしも長い長い歴史のひと粒なのだなあ、と実感します。死が怖くなくなる、と言ったらいいでしょうか。だから、お茶の時間が楽しくなりました。ほんのわずかな時間でも、別の次元に連れていってくれるスティーブのマグカップで飲むと、どんなお茶でも疲れが癒されるのです。

スティーブの制作テーマはずばり「ティータイム」です。

英国人は伝統的にティータイムを大切にしてきました。お茶を飲んでひと息つくことで、気持ちを落ち着かせ、多種多様な問題に向かっていったのです。単なる休息ではない、もっと必要不可欠な特別な時間。そしてそれは日本の茶道の一期一会の精神ともまた繋がっているような気がします。

スティーブ・ハリソンの作品には「もののあはれ」が感じられる、と久我さんは言います。

「もののあはれ」には、いろいろな解釈がありますが、本居宣長《もとおりのりなが》が『源氏物語』について論じた際、この言葉を用いたことでも知られています。

無常観に基づく哀愁や、しみじみとした情趣、永遠への根源的な思慕……。

陶器は割れてしまうことがあるからこそ美しい。割れたら金継ぎをして、ずっと傍に置き、孫子の代まで伝えていきたいと思います。

単なる物ではなく、魂に寄り添う物としてともに暮らし、生きる。

もはやカップというより
アートピースとしての
存在感を放つ。
欠けたら金継ぎをして
一生使い続けたい

わたしたちは美を見て、味わうことで、さまざまな境界線を軽々と越えていくことができる。スティーブの作品は、そう教えてくれます。

それはまた、世界を正しく理解する方法でもあるのでしょう。

たとえ小さな部屋のなかにいても、草原にひとり立ち、地球を俯瞰するような広々とした気持ちになれる。それがスティーブ・ハリソンの魅力なのです。

陰翳礼讃《いんえいらいさん》

ふと、なにかが動いたような気がして目を上げると、窓から光が静かに射し込んでいました。

翳《かげ》のなかに沈んだ部屋に強いコントラストを与えて、とろりと蜂蜜色の光線が半分だけ花々を照らし、時が止まったかのよう。思わずシャッターを切りました。

光があたるボヘミアングラスは、透明度を増して水晶のように輝き、星と呼応する七つの金属でつくられたシンギングボウルは深く闇に沈む。

オリーブオイルを入れるためのイタリアの古い大鉢は、テラコッタがほのかに明るさを増し、上に載せた鉱物とおしゃべりしそうな気配です。

我が家は築六十年以上の古家で、母が晩年、気楽な一人暮らしを楽しんでいました。さまざまな事情で五十代の半ばにそこに移り住みましたが、間取りの狭さをはじめ、なにやかやと、なかなか思いどおりにはいかないことが多い家です。

でも、この日、窓辺の情景を眺めているうちに、「陰翳礼讃」という言葉を思い出しました。

谷崎潤一郎《たにざきじゅんいちろう》は随筆『陰翳礼讃』のなかで、日本では古来、「美は物体にあるのではなく、物体と物体とのつくり出す陰翳のあや、明暗にあると考える」と述べています。

和紙の白のやわらかさ、薄明かりのなかの漆器の趣《おもむき》、着物の女性の首や手の白さ、そして羊羹の色合いの深さまで、すべては闇と光の対比からその美しさが生まれる、というのです。

これを読んだとき、思わぬ発見をした気分になりました。

季節ごとに色も手触りも透明度も、そして匂いも違う光、それがつくり出す翳。四季からの贈り物ともいえるそんな陰翳を、インテリアのひとつのように楽しんでいけたら、と思っています。

希望という名の服──岸山沙代子「saqu·i《サキ》」の世界

そのコートの写真を見たときの衝撃は、いまも忘れられません。

インスタグラムでたまたま見つけたそれは、オートクチュールかと思うほどの艶やかな素材。コンサバでもモードでもなく、そのちょうど間の道を行く、つまりいまっともほしいと感じるキャメル色の一枚でした。

どう見積もっても十万円は超えるだろう……でも触れてみたい、見るだけでも……と思いましたが、どうやらブランド名は「saqu·i《サキ》」ということくらいしかわからず、手掛かりがありませんでした。

それからしばらくして、秋冬物の展示会があることを知り、表参道の小さな会場を訪ねました。

誰も知るひとがいない展示会へ行くのは勇気がいります。でも、長年ファッションに関わってきた者として、興味を抑えることはできませんでした。

そこで出会ったsaqu・iの服たちは、まさにいま、こういう服が着たい！　と思っていたものばかりでした。

年々、ほしい服が見つからなくなっていました。デザインより素材が大事。でも、着脱が億劫で肩も痛いから着やすさも必要。パンツのウエストはゴムじゃなきゃ。でも、おばさんぽいゴムは抵抗がある。

安っぽくないこと、落ち着いたデザイン、可愛らしさのスパイスもほしい。

歳とともに頑固に、難しくなる服への要求。それをすべて満たしてくれるコートやワンピースが丁寧に並べられたさまは、大げさかもしれませんが、奇跡を見る思いでした。

そして、奇跡のひとつが価格でした。上質のアルパカのコートは、想像していた約半分の値段。パンツやブラウス、ワンピースに二万円台、三万円台があることも驚きでした。

それを実現可能にしているのは、卸売りをせず、展示会とオンラインストアのみの販売形態だからだそう。そう伺い、感謝の気持ちが湧き起こってきました。

saqu・iは、オーナーの岸山沙代子さんが素材選びからデザイン、パターン、裁断、そして納品まで、たった一人で行っています。

デザイナーでもあり、職人でもある、まさにクチュリエールといえます。

岸山さんは大学在学中に、複数の洋裁専門学校でファッションデザインを学び、卒業後は手芸関係の専門書を出版する会社に就職しました。週末を利用して立体裁断の研究所に通いながら、編集者としてキャリアを積み、三十四歳のときにパリのパタンナー養成学校に留学。

最終学年でインターンとして、オートクチュールのメゾン、クリストフ・ジョスへ、その後、マーティン・グラントのアトリエにも在籍しました。シンプルで知性的、洗練の極みにして可憐さのあるクリストフ・ジョスや、マントやジャケットなど味わいのあるテーラリングが得意のマーティン・グラントでの仕事は、いまのsaqu・iのデザインにも影響を及ぼしている、と岸山さんは語ります。

そして、三十七歳のときに帰国。二〇一六年五月にデビューしました。

岸山さんのこだわりの第一は素材です。世界のトップメゾンが採用しているサテンや、ジョーゼットなど、その着心地のよさは未体験のものでした。

服に包み込まれて、心地よさのなかでからだが溶けていく――まさにそんな感覚なのです。

第二の奇跡は、だれでもそのひとなりの美しさが引き出される、ということ。その秘密を岸山さんは「一枚の服のなかでのバランスに徹底してこだわります」と語ります。襟、ステッチ、ポケット、袖や丈はもちろん、素材との兼ね合いでバランスは決められていきます。すべての服が立体裁断でつくられているから、それが可能なのです。

服が、デザイナーの個性を必要以上に主張しないところも、ｓａｑｕｉの知性的なとこです。若いころはともかく、もうそういう主張は煩わしいだけ。そんな着る側の気持ちがわかるのは、岸山さんが客観性を必要とされる編集者であったからかもしれません。

展示会の帰り道、わたしは気持ちが高揚するのを感じないではいられませんでした。いままで数限りなく素敵な服を見てきましたが、こんな高揚感は初めてでした。

なぜ、そんな気持ちになるのだろう、と考えたとき、それは岸山さんの生き方にあると気づきました。

好きなことのために努力を惜しまず、黙って、時には人知れず泣きながら、全身全霊で学び、それをひけらかすことなく、自らの創造の土台とする。

好きなことを、身の丈に合ったやり方でビジネスとして実現し、ひとを幸せにする。岸山さんのたっぷりと豊かな、そして確かな「好き」の喜びと、着る側の喜びとが響き合い、そこに第三のパワーが生まれる。

拡大志向の時代が終わり、これからはそんな生き方ができるのだ、と身をもって示してくれる岸山さんの服づくり。

それを手にするとき、人生の希望と可能性を感じないではいられません。

ひとりでなにもかも行うのは大変だろうけど、着手としてつくり手のあなたを守るよ――そんな気持ちになるのです。

春分

春の養生

春はゆるむ季節です。

冬の間、ギュッと縮め、固めて、寒さをしのいでいたからだは、春に向かってゆるみはじめ、新しい命の動きが活発になってきます。

実際は、まだまだ寒い三月の初旬からからだがゆるむ準備をはじめるため、体調を崩すことも多くなります。そんなときはまず、からだの声に静かに耳を傾けてみましょう。

風邪をひきやすくなったり、気圧の影響を受けてからだや頭が重くなったりする、この時季。そんな春の養生の第一は、これから来る夏に向かって、軽やかに活動できるからだになるためのデトックスです。

余分な脂肪や老廃物、寒暖の差によるストレス、その過緊張による自律神経の負担も、春のからだは何らかの形で溜め込んでいると感じます。

まずは苦みのあるものをはじめとして、天に向かって広がり、伸びていく旬の葉野菜をたくさん食べましょう。小松菜や菜の花は、大きめの鍋で湯がいて毎日食べたい野菜です。

また春はアレルギーが出やすい季節ともいわれています。もし不調を感じたら、甘いものを控えて、爽やかな酸味のあるものや発酵食品を摂り、解毒を司る肝臓をいたわりましょう。

ゆるみはじめたからだには、春先の冷えが入りやすくなります。春先こそ、靴下や湯たんぽなどを駆使して、冷えない工夫をしたいもの。

筋肉をほぐし、いつもより少し入念にストレッチをするのもいいですね。温めて、ほぐす。これも春のからだには気持ちのいいことだと思います。

春の養生について文献をあたっていたら、「春は髪をおろして」と書かれたものがいくつかありました。なるほど、髪を結ぶことは地肌の緊張を生むのですね。

お天気の良い日には、いちはやく肌触りのいいコットンや麻の服を身に着け、髪を解き、軽いバッグを持って散歩に出かけましょう。わたしはポケットに千円札と携帯だけ入れて歩くのが好きです。なにか世界が変わって見える、と言えば大げさかもしれませんが、心も軽やかになるような気がします。

立夏

初夏の養生

夏のはじまりを告げる二十四節気、立夏。この日から立秋の前日までが、暦の上では夏と呼ばれます。ちょうど端午の節句の五月五日ごろなのですが、調べてみるとびっくりするようなことがわかりました。

古代中国では、このころを要注意の危険シーズンと考え、五月を「毒月」と呼んでいたというのです。なかでも五月五日は最重要危険日！　風薫る爽やかな季節、というイメージが一変しますね。

もちろんこれは旧暦なので、いまの暦でいう五月末から六月にかけてのことなのですが、確かにこのころは湿度が高くなり、物が腐りやすく、急な暑さで人々は病気に罹《かか》りやすく、精神的にも不安定になりやすい。そんな季節の影響を重要視していたのでしょう。

日本の場合は、新年度からひと月が経ち、新しい環境に慣れてくると同時に疲れも出てくるころ。早くも強いエアコンの冷気に晒《さら》され、からだの内も外も湿気がこもって、辛い時季です。ここをうまく乗り切らないと夏バテすると、わたしも毎年痛感しています。実際、年々夏が厳しくなっていると感じます。

心掛けていることは、ハーブの助けを借りること、そして「冷え」に気を配ることです。柏餅の柏葉は、フラボノイドやカテキン、オイゲノールなどの成分を含み、抗菌や防腐効果があるそうです。菖蒲湯にする菖蒲には鎮痛や血行促進などの効果が、一緒にお風呂に入れたいヨモギには保湿成分が含まれているとか。そもそも、菖蒲やヨモギは束ねて軒下や玄関に挿し、災厄除けにしたもの。薬効のある植物がこの時季に用いられていたのは、ひとびとの知恵なのでしょう。

立夏のころに呼び方が「木の芽」から変わる「山椒」は煮物などにたっぷり添えて。そして梅。疲れたときにはマクロビオティック食品の店で扱っている梅醤を番茶に入れたり、旅行には強い解毒作用のある梅肉エキスを携行するのもおすすめです。梅塩も、簡単なキュウリ揉みなどがおいしくなります。

古代中国の陰陽五行説で、夏は火を表します。火は熱。消化機能が落ちると、からだのなかの熱がきちんと外に排出されません。消化器官を冷やさず、血流を良くして熱を逃し、身も心も軽い真夏を迎えましょう。

第二章

心とからだをつくる

愛を受けとる

二〇一七年一月、ミモレ編集部の二周年記念パーティーに出席しました。

みなさんと和やかにお話ししていると、会場の明かりがスッと消えました。何か余興があるのかしら、と思っているうちに、厨房から大皿にデコレーションされた素敵なケーキが、ろうそくを灯して現れました。

ケーキを携えたお店の方がわたしの前に立ち、それが差し出されたときも、まだ何が起こっているのかわかりませんでした。編集担当の川良咲子さんがにこにこしてやってきて、大草直子編集長から輝く笑顔とともに花束を贈られて、やっとこれがサプライズだということがわかりました。この日は、わたしの六十一回目の誕生日だったのです。

サプライズをしてもらうことも、仕事の場で祝ってもらうことも、ましてやいろいろな立場の方がいらっしゃるパーティーでお祝いをいただくことも、生まれて初めてのことでした。声が出ないほど驚き、挨拶を、とマイクを渡されても、すぐには言葉が出ず、いまも何を話したか思い出すことができません。

家に帰り、お土産にいただいた可愛い紅白饅頭と砂糖菓子のような透明ピンクの花束を眺めながら、やっと実感が湧いてきました。ただただ感謝の気持ちと喜び、そしてもうひとつ、自分が変わったのだ、ということでした。

子どものころから、わたしはひとからの親切や愛情を受けとることが苦手でした。ひとのために尽くしたり、愛することは比較的楽にできるのですが、何かをしてもらったり好意を示されると、どうしていいかわからなくなってしまうのです。

その根底にあるものは自己評価の低さと、自分はひとに好かれない、という思い込みでした。コミュニケーション不全ともいえるこの問題とは、思春期から中年になるまでの長い年月、悩み、もがき、格闘してきました。

わたしの様子を見かねて、友人のセラピストが「ひとの好意を受けとるレッスン講座」まで開いてしまうほど。彼女が言うには、仕事や家庭に一生懸命のがんばり屋で、責任感が強く、何でも自分でやろうとする完璧主義の女性にその傾向が強いそう。それは、まさにわたしでした。

でも、いつしか変化していたのですね。五十代でたくさんの病気をして、諦める、立ち止まる、ということを知りました。おしゃれしたくても脱ぎ着が大変で試着できない、何をやるにも以前の倍以上の時間がかかる、などなど、この十五年ほどで弱くなった自分と、いやおうなしに向き合わざるをえなくなりました。

弱さやできないことを受け入れ、思うようにならないこともすぐ解決しようとせず、とりあえずふんわり抱えて様子を見る。

そんなふうに過ごしていくうちに、わたしのなかにがっちりと根を下ろしていた頑なさが、いつの間にか和らいだのかもしれません。

胸を開き、両手を大きく広げて、やってくる愛や思いやりをただ素直に、感謝して受けとる。返さなければ、とか、自分にはその資格がない、などと思わずに。

特別に努力したり改善したりしなくても、誰しもただ生きて、歳を重ねることで、そんな境地に辿り着くのではないでしょうか。

愛を受けとる——それは、ひとが本来もっている最高最大の美質だと、あらためて気づかされた夜でした。

いただいた花束は
ドライフラワーにして
最後まで楽しむ。
一輪一輪の色や香りから
思いが伝わる

正しく立ち、きれいに歩く

『感じるからだ　からだと心にみずみずしい感覚を取り戻すレッスン』（だいわ文庫）という拙著をテーマにしたワークショップを行いました。

その本に登場するSさんこと、ボディワークトレーナーの齋藤まちさんと出会ったのは約十年前のこと。雑誌の取材で、御岳山《みたけさん》を歩きながら正しいからだの使い方を学ぶ、というテーマでした。

勝手知ったる御岳山、二往復くらいできるわ、と意気揚々と出かけたわたし。ところが、登山口で準備運動をしたとき、ただ立つ、歩く、という、そんな簡単なことができていないことがわかったのです。

立ってみると、骨盤の位置が後ろに傾いていて、つまり尾てい骨のしっぽが巻き込まれていて、そのために猫背↓胃が下がる↓首が前に出る↓顎が上がる↓がに股になる、といったおばあさん姿勢。ショックでした。

しかも、なにげなく立ったつもりだったのに「ちょっと足を広げすぎです」とまちさんから指摘され、無意識に仁王立ちをしていたらしいと知りました。

「ミツノさんはがんばり屋さんですね」とまちさん。がんばり屋や負けず嫌い、努力家の女性は、自分の骨盤より足を大きく広げて立つ傾向にあるそうです。ハッとし、気恥ずかしくなりました。

腰幅と同じほどの幅に足を開き、後傾でも前傾（反り腰）でもない正しい位置に骨盤を戻して立つと、腹筋にビリビリきます。普段の動作に腹筋がまったく使われていなかったことを実感。でも、自然に上半身が骨盤にのっているので、肩や首に負荷のかからない感覚が新鮮でした。

正しい立ち方を覚えたら、次は歩くレッスンへ。歩くってどういうことですか、と訊かれても普段意識したことがないので答えられない。

まちさんが後ろにまわり、わたしの鼠蹊部《そけいぶ》に手を当てて抱えるようにして、さあ、歩いてみましょう、と言われました。

後ろから強く引かれて、なかなか足が前に出せません。

「足はあとからついてくればいいんです、丹田《たんでん》を移動させるだけ」そう声をかけられ、お臍《へそ》の下のあたりの丹田を意識して、そこを前に進めるような気持ちでからだを前傾させてみました。

からだがかなり斜めにかしぐので最初は怖いのですが、慣れてくると後ろ足にギリギリまでのっている感覚が摑めてきます。ああ、これが「足で漕がない」ということなのだな、とわかってきました。

そのあと、ひとりで歩いてみると、何とも軽い。いままでは足だけで漕ぐように歩いていたのが、丹田を移動させる、と意識するだけで、どうしてこんなに歩きやすいのか、魔法にかけられたような衝撃を受けました。

ワークショップでは、からだの中心を意識しながら揺れたり、胸や腕などのストレッチ、ヒップから太もも、膝、ふくらはぎといったからだの背面を伸ばす体操「バウンド」、そして丹田移動のワークを約一時間行い、まず歩く準備をします。

そして歩く。自然に背筋がスッと伸び、しかも静かです。どたどたと音がせず、高原を渡る風のようにただ空気が流れていく。歩く班と見る班の二班に分かれると、自然に拍手が湧き起こりました。

ワークがはじまったとき、後ろから見ていると、仁王立ちのひとが結構多かったのです。ものすごい親近感に胸が熱くなると同時に、みんなもっと楽に生きる方法があるんだよー、と思わず心のなかで呼びかけました。

後ろ足が伸び、美しく軽やかに歩く姿は、なんだか幸せそうに見えました。からだと心はやはり一体なのでしょう。

正しく立って、きれいに歩く。それは人生の歩き方であるようにも思えます。

簡単なことですが、毎日の意識は大切。わたしもたるんだ腹筋にカツを入れて、骨盤の位置を正し、丹田を意識することを毎日心掛けています。

笑顔じゃなくても

『いい親よりも大切なこと』（新潮社）という本を読んでいたとき、目が釘付けになった言葉がありました。

ふたりの保育士の女性が書いた、この子育て指南書、「子どものために〝しなくていいこと〟こんなにあった！」というサブタイトルに惹かれ、手に取ったのです。「子育てが楽になる！　たった6つの〝しない〟こと」という項に「いつも笑顔じゃなくていい」という言葉を見つけ、ハッとしました。

長い人生で「笑顔じゃなくていい」と書かれた言葉なり書物なりに出会ったのはこれが初めてです。日本は、笑顔が尊ばれる国。写真撮影のとき、必ず笑って、と言われますよね。

けれど、幼いころから、わたしは笑うことが得意ではありませんでした。

歯並びが悪くて口を開けることに抵抗があったこともありますが、それよりむしろ、笑いたくなるようなことが少なかったのだろうと思います。

遠くの小学校に通っていたため、下校しても近所に友だちがおらず、一人遊びが当たり前でした。自転車で駆け回り、それに飽きると家の裏の楠に登って本を読む。心躍る世界は本と観察のなかにあり、それは自分にしかわからないことでしたから、ひとりでニヤニヤすることはあれ、ひとさまに向ける笑顔は極端に少なく、ボーッとした子でした。

女の子らしい愛嬌があるはずもなく、長じてからは、いつも不機嫌そうに見えると親や親戚に言われ、ついたあだ名が「仏頂面子《ぶっちょうづらこ》」。

社会人になり、勤めはじめた会社で、上司に会議室に呼び出され、もっと笑顔を見せろと注意されたのですから、まさに仏頂面子の面目躍如《めんもくやくじょ》です。

こんなことで怒られる新人なんて、あまりいないのではないでしょうか。

二十代の終わりに結婚し、子どもを産むと、笑顔が少ない自分に強い罪悪感を覚えるようになりました。

子どもたちと接する保育士さんも他のお母さんたちも、輝くような笑顔です。でも、子育ては不安だらけ、わからないことだらけで心に余裕もなく、笑うような心地には程遠かった。

子どものしぐさに思わず笑顔になるものの、次の瞬間、もっとこうしなければ、あしなければ、と自分を責めたて、子育ての責任と重圧で、笑みはすぐに掻き消えてしまいます。

わたしの母は専業主婦で、いつも太陽のような笑顔のひとでした。母の大きな笑顔が好きだったと同時に、娘になかなか笑いかけることができず、いつもピリピリ、不機嫌で厳しい自分、そして一向に成果の上がらない子育てが劣等感になりました。

ところが、五十代になってから、自然な笑顔ができるようになったのです。

母を見送り、主婦業が一段落したころ、介護の疲れを癒すために山や森に誘ってくれる仲間ができ、いままで経験したことのない大自然のなかで過ごしました。

ただ自然の息吹を全身で浴びるだけで、心の奥底から歓びに満ちた静かな笑いが込み上げてくるのです。それを体験したとき、初めて自分を許すことができました。と同時に、泣くことも怒ることも、自然に任せていいのだ、と感じました。

大人なら、そんな感情を露《あらわ》にしてはいけないと自分を戒めてきましたが、その縛りを解こうと思ったのです。

『いい親よりも大切なこと』には「〝笑顔〟、〝元気〟が一番、という思い込みをやめる」とあり、喜怒哀楽のすべてを感じ、負の感情とも向き合うことの大切さが書かれていました。

親自身がそのひとらしく、個性を尊重して生きることが、子どもを育むためにも大切なことだ、と。

三十代のときにこの言葉と巡り合っていたら、どれだけ楽になれたことでしょう。娘はそろそろ三十路、結婚も視野に入ってきました。そんな彼女に対し、後ろめたい気持ちはいまも消えません。

とはいえ、笑わない母親に育てられた娘は、コロコロとよく笑うキャラクター。その姿を見ると、子どもは生まれもった本来の資質八割で育っていくのかも、という気もします。

子育ても仕事も、生きることはすべて、あまりがんばりすぎないこと、食い下がらないこと。そして自分がまず心地よいこと。

笑顔じゃなくても、それでいい。それがあなたらしいのならば。

かつての自分に、いまならそんな言葉を掛けてやりたい気持ちです。

大切なことは小さな声で、ささやくように語りかける

梨木香歩さんの小説『西の魔女が死んだ』（新潮社）。

この小説の初版は一九九四年。このとき、わたしはまだ読んでおらず、初めて手に取ったこの作家の作品は、二〇〇二年のエッセイ集『春になったら苺を摘みに』（新潮社）が先でした。

九・一一直後のアラブに移住したころで、このエッセイ集に、当時もっとも知りたかった寛容と不寛容について書かれていることに衝撃を受け、以来、すべての著作を愛読するようになりました。

『西の魔女が死んだ』も新潮文庫で確かに読んだのですが、当時、最高に忙しく、生活も混乱していて、その書かれた真意を汲み取ることはできませんでした。

二〇一七年四月に出た『西の魔女が死んだ　梨木香歩作品集』をひもとき、四半世

紀ほども前に、いまの世界の不穏と人々の心の不安を予言したかのような作品が書かれていたことに驚きました。

学校に足が向かなくなってしまった少女、まいが、森の中に住む祖母とともに暮らし、魔女になるレッスンを受ける。この物語のあらすじを簡単に書くと、こんな感じです。

魔女とは、中世ヨーロッパで、薬草を取り扱う薬剤師であり、占い師であり、預言者でもあるといった特殊な能力を持つ女性のこと。まいの祖母はその家系に生まれた英国人でした。

物語の最初から、植物がふんだんに登場し、森の湿った木の葉の匂いや、かまどにくべられた小枝のはぜる音が聞こえてくるかのようです。

サンドイッチに挟むキンレンカの葉や、まいが毎日水をやって世話をする、青い花びらを持つ小さなキュウリ草、陽の射さない場所に真っ白の幽霊のような姿で、銀白色の涙形の鱗を茎にまとって群生する銀龍草《ギンリョウソウ》まで、珍しい植物が登場します。

植物と共生し、洗濯物を足で押し洗いしたり、心が落ち着かなくなったときは温かいミルクたっぷりの紅茶を淹れて飲むといった、祖母との暮らしのなかで、まいは魔女になるために必要なことを学んでいきます。

それは、規則正しい生活をすることであり、決めたことを毎日行うことで意志を強く持つことであり、直観に従って自分が本当に聴きたい言葉を聴く訓練をする、という一見何でもないようなこと。

でも、わたしたちの暮らしにいま、欠けがちなことばかりです。

この作品集の「あとがき」には、著者のこんな言葉が書かれています。

「ただシンプルに素朴に、真摯に生きる、というだけのことが、かつてこれほど難しかった時代があっただろうか。」

そしてこう続きます。

「社会は群れとして固まる傾向が強くなり、声の大きなリーダーを求め、個人として考える真摯さは揶揄され、ときに危険視されて、異質な存在を排除しようとする動きがますます高まってきた。」（「あとがき」より抜粋）

このような社会の急激な変化、しかしよく考えてみれば決して急激ではなく、もうずいぶん前から周到に準備され、あるいはどうしようもなく押し流され、わたしたちは抵抗の術もなく流れにのってきてしまった。そう考えると苦い思いが湧き起こり、絶望的な気持ちになることもありますが、そうだとしても梨木香歩さんの言う「私たちは、大きな声を持たずとも、小さな声で語り合い、伝えていくことができる」という言葉を信じたい、信じようと思うのです。

この作品集には、まいが両親と暮らすために去った後の、最晩年の祖母の一人語りの掌篇も収められています。書き下ろされたこの一篇に流れる、祖母が迎える晩年の透徹したたたずまいにため息が出ます。

何も特別なことをせずとも、日々の暮らしをただ、こつこつと丁寧に続けること。それがどれほど尊く、豊かであるかを、これほど美しい言葉で気づかせてくれる作品は、他にありません。

この本を読むと、誰もがそれぞれの胸の奥にしまい込んだ、大切なことを思い出すでしょう。

そして、伝えたいことは小さな声で、優しく、かつ正確な言葉で語りかければいいのだ、という穏やかな気持ちになれるのです。

影の美、いのちの模様

　ある冬、京都三条木屋町の小さな和菓子屋さんの店先で、目に飛び込んできたものがありました。

　それは、濃い緑色の不思議にモワモワした植物で、幅は二十センチほど、一メートル以上もあろうかという長さで壁に掛けられています。

　一番上の和紙や稲穂で、なにかのお飾りだということはわかりますが、いままで見たことがありません。

「これ、なんですか？」

　ご主人に伺うと、

「これは掛蓬莱《かけほうらい》といってね、お正月のお飾りですよ。蓬莱山を昇っていく竜を模しているんだね」

竜！　確かに、モワモワした草なのにどこか力強いその形状は、妙に有機的で、竜に見えないこともありません。上についている赤い千両の実が眼、笹が角と言われると、にわかに昇り竜のエネルギーが感じられるような気がして、竜神好きのわたしは、思わず「ほしい！」と叫びそうになりました。

「これは氏子になっている神社から毎年お札とともに送ってくるの」とご主人。そうか、買えないのね。京都だものね。きっとそれぞれの家で、好きな大きさにお誂《あつら》えするのかも……。

いったんは諦めたものの、東京へ戻ってからも掛蓬莱が忘れられず、調べてみると、その起源はなんと神代の昔。緑のモワモワの正体は、ヒカゲノカズラという常緑多年生の蔓性のシダなのですが、『古事記』に登場しているのです。

『古事記』天の岩屋戸の項。岩屋戸に隠れてしまった天照大神《アマテラスオオミカミ》にお出ましいただくために天宇受売命《アメノウズメノミコト》が、ヒカゲノカズラをその胸にたすき掛けにして踊った、という記述があります。

刈っても長い間枯れることなく、瑞々しい緑色を保つこの植物に、古代人は生命の象徴としての豊かな力を感じていたのかもしれません。

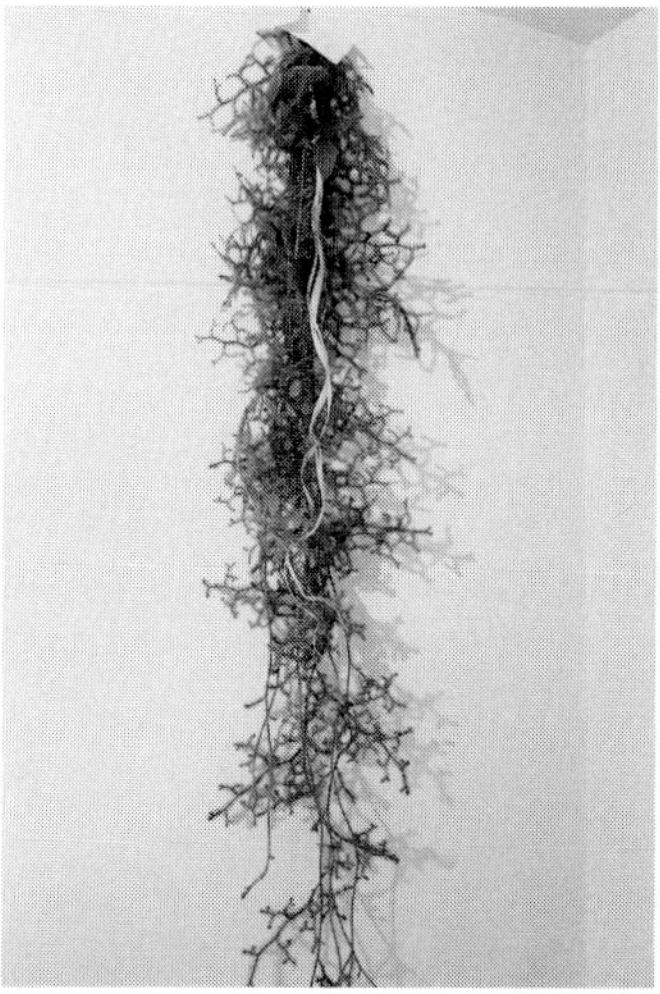

後日、京都の花屋さんから
取り寄せた掛蓬莱。
深く瑞々しいグリーンは
いつまでも色褪せず、
目にするたびに元気に

それにしても、太陽を呼び戻す儀式に用いられるほどの植物に、なぜ「ヒカゲ（日影）」という名前がついているのかしら。これも不思議で調べてみると、影という漢字は「光」という意も含まれるとか。

漢字学者、藤堂明保ほか編の『漢字源』（学習研究社）によれば、影は本来の、暗い部分という意味のほかに、「物を照らして明暗をつける光」という意味があります。そもそも、光という意味もある「景」という字に、模様の意味を表す右側のさんづくりが加わってできた漢字と知り、驚きました。

影は、光の存在を示す言葉。

影があるから、光もまた、まばゆく輝いて見えるのでしょう。

天から降り注ぐ光を浴びて育まれ、ひとりひとりが陰影ある「模様」を描く——それが人生なのかもしれません。

自分のなかにある影も、もう少し優しく扱ってやらないといけないな。むやみに否定したりせず、ふんわりと抱きしめて。

いろいろ調べて京都の花屋さんから取り寄せることのできた掛蓬萊を眺めながら、そんなことを思うお正月です。

しなやかな生命力

お正月のお重や器の盛り付けに使おうと、あしらい用の葉や枝をいくつか揃えました。

松葉、檜《ひのき》、あしたば、南天、ヒカゲノカズラ、衝羽根《つくばね》の実、そして稲穂（口絵）。朱塗りの丸盆に載せてみると、それだけで絵になり、きれいだなあ、としばし眺めました。

松も檜も南天も、庭先や公園にふつうに植えられているもの。それをあえて家のなかの食卓の上、器という小宇宙に取り込んでいく。自然と四季がここまで共生する国は他にはないと思います。

ふと、戸隠神社の神職の方から聞いた話を思い出しました。

「日本は古代から四季とともに暮らす農業国、それは天候になにもかもが左右されるということです」

まだ若い神主さんは穏やかな口調で続けました。

「だから、不安定で当たり前、なんですね。天候が変化すること、四季があることの不安定さを組み込んだ暮らしを、日本人は長い間、この自然と寄り添いながら営んできたのです。あるときは知恵を集め、あるときは諦念とともに、そしてまたあるときは格闘して」

天候の安定した、地震や四季のない国なら、もっと安心して暮らせるだろうか。

シンガポールや中東の生活で体験した季節のない日々を思うと、安定というよりむしろ感覚が動かず、かえって苦しかった記憶があります。

いま、世界は二〇二〇年に向かって大きく変わろうとしている、とよく耳にします。変化のときに不安はつきもの。

世界の不安は確実に個人の心にも影響を及ぼします。感受性の鋭い人ほど、もやもやした思いを感じているのではないでしょうか？

でも、そんな不確実な状況であっても、日本人は本来、柳のようなしなやかさや常磐木《ときわぎ》のような静かな生命力をもってきたのかもしれません。四季の美しさ、過酷さと寄り添ってきた底力は、確実にわたしたちのDNAに刻み込まれていると感じます。

とはいえ、いままでとは違うベクトルで何かをはじめてもよいかもしれません。わたしはふたつ決めてみました。

ひとつはからだを立て直すこと。

もうひとつは自分の原点を確認すること。

筋肉を増やし、血流を良く、呼吸を深くすることで、不安に打ち勝つからだをつくりたいと筋トレを再開しました。十五年に及ぶ更年期には思うようにからだを鍛えることができなかったのですが、再スタートです。

そして原点に返ること。

若いころに影響を受けた寺山修司や小泉喜美子、そして須賀敦子などを読み直しています。また、「迷ったときは古典に返れ」とばかりに、しばらく手に取っていなかった『源氏物語』の新しい研究者の本を読んだり、気に入った俳句や短歌をノートに書き集めたり。

直観的に、これと思ったことをやるのがいまは正解。答えは案外、自分の心のなかにあるのだと思います。

不確実なればこそ、そのときを生き抜くことで磨かれるものがあるのではないでしょうか?

大丈夫、進んでいける。

自分にそう声をかけています。

ミモザの日

三月八日は国際婦人デー、イタリアでは「ミモザの日」と名づけられています。家人の転勤で、イタリア・ミラノに住みはじめたころ、ある朝、街中にミモザの花を売る屋台が出ていることに驚かされました。

ミラノの冬はとても寒く、どんよりとしたお天気が続きます。ミラノっ子たちはそれを「グレーの街」と呼び、早く春が来ることを願います。この時季はまだ肌寒いですが、花々の蕾はふくらみ、暖かさが少しずつ戻ってきます。

そんな季節の変わり目に、街中が黄金色のミモザで溢れていたのです。

国際婦人デーは休日ではありませんが、一九七五年に国連によって定められました。その起源は、一九〇四年三月八日にニューヨークで、女性が婦人参政権を求めて起こしたデモにあります。

その後、一九一七年に起こったロシアの二月革命、一九二三年には日本でもフェミニスト団体が集会を行い、それらの過程を経て、世界的に女性の社会参加の環境整備を呼びかける日になったそうです。

でも、春を待ちわびるイタリアでは、もっとシンプルに、男性が身近な女性たちにミモザの花束を贈り、日ごろの感謝を捧げます。妻や母、恋人から仕事場の同僚や部下、秘書まで、あらゆる相手にミモザが贈られるのです。

都心のビジネス街では、春を先取りするかのような軽やかなネイビーブルーのジャケットに身を包んだ女性たちが、老いも若きも光の粒のような黄金色の花を携え、その色のコントラストの美しさに、一歳の娘を抱えたまま、思わず足を止めて道行く人々を眺めました。

男性たちも、大きな花束を書類鞄とともに抱えて足早に歩くひと、花のひと枝をじかに手に持って自転車で走る若者とさまざま。

生まれて初めて、花を持つ男はいいものだなあ、と感心したことを覚えています。

特にスーツ姿のイタリア男は花が似合います。肩がしっかりしていて首が太い。スーツやシャツが似合うようにできているのです。髪の毛の薄いのなど、まったく気にならないくらい格好いい。そこに花を持たせたら、だれでもショーン・コネリーに見えてきます。

いまの日本の男性は、当時に比べるとぐっとスタイリッシュですから、彼らがミモザを抱えて歩く姿を見てみたいなぁ、とも思います。

そして女性たちの、ネイビーを基調にして、甘いピンクの珊瑚や透明感のある琥珀といったアクセサリーをつけたスタイルに、光そのものを束ねたようなミモザは、忘れることのできない素敵な組み合わせでした。

その夜、家人はいつもどおり深夜に帰宅。少しだけ期待していたミモザはもちろん、なし。仕事を終えて会社を出たときには、もはや屋台は一軒も見当たらなかったそうです。いまなら、あっさり「また来年」と思ったでしょうけれど、小さな娘とふたりだけで過ごす孤独な異国暮らしの日々に、つい涙がポロリ。

若くて、まだまだ苦労知らずだったころの、懐かしい思い出です。

そんなことを思い出しながら、リビングルームに床置きしたガラス鉢に、ミモザをたっぷり飾りました。

まめに「憩う」

四月五日から二十日ごろまでを、二十四節気で「清明《せいめい》」といいます。その字のとおり、天地に春の気が満ち、ものみな清らかに澄み切って明るく輝くとき、という意味です。

古代中国では、清明節のときに先祖の墓参りや、「踏青《とうせい》」と呼ばれる野遊びの行事など、のんびりと春を味わう暮らし方が行われてきました。

年度替わりの日本では、慌ただしいことこの上なし、です。二月末に日が足りないと慌て、三月で加速がつき、四月で忙しさ本番。考える暇もなく猛スピードで日が過ぎていく春を毎年、繰り返してきました。

もう少し、ゆったりとゆとりある暮らしはできないものか。ある日、そう思い立ちました。

この時期に、体調や心の陰翳に気を配ることは、一年を健やかに過ごす肝のような気がするからです。ここで整えておけば、猛暑の夏も乗り切れそうな気がします。

どうしたら、立ち止まることができるのか。

そう考えたとき、養生訓のことが頭に浮かびました。

自分なりの養生訓をつくってみよう。

そうしたら一日八茶という言葉が生まれました。一日に八回、お茶をする。たとえ五分でも、そのときは忙しさを忘れ、お茶の香りに浸り、その味わいに集中します。そうすることで、立ち止まることができ、リフレッシュにもなるのではないか、と。

わたしの一日八茶は、こんな感じです。

一　まず朝起きてすぐ、白湯を

二　朝食前の仕事がひと区切りしたら香ばしい玄米茶

三　朝食後にコーヒー

四　仕事や家事の途中、十時半ごろティーブレイク。お茶以外に発酵ドリンクやジュースなども

五　昼食後に緑茶（ビタミンC補給）

六　ワクワク三時のおやつと、それに合わせたお茶
七　夕食後に「一保堂」のいり番茶か「フォートナム&メイソン」のラプサン・スーチョン（スモーキーな、ちょっと正露丸に似た味の紅茶）
八　就寝前に、温かい甘酒を少しか、白湯

わたしは家で仕事をするので、お茶の時間を取りやすいのですが、お勤めの方は難しいでしょうか。以前、ある女優さんが、生姜と蜂蜜でつくった特性ドリンクを保温水筒に入れて、どこででも飲む、という記事を読んだことがあります。それを飲むとホッとして、自宅でくつろいでいるときの感覚がよみがえる、とありました。水筒に「いつもの自分の味」を入れていくのもいいですね。

真面目なひとは根を詰めがち。そして、休むことは罪悪という気分が身についてしまっています。

甘えず頼らず走り続けてきたわたしたち。だからね、サボるのでも大きく休むのでもない、ただ、まめに「憩う」。

春は、そんなリズムで暮らしてみませんか？

むしょうに餡子《あんこ》が
食べたくなるときがある。
からだが求めている感じ。
おいしい緑茶を淹れて

からだを冷やさず涼をとる、南インド家庭・スパイスの知恵

毎年、夏が一段と暑く感じます。そしてその分、電車や室内は、寒い！　暑いと寒いに翻弄され、この時期はからだも四苦八苦。

ところがあるとき、インド土産にもらったスパイスティーを飲むようになり、以前より夏バテしていないことに気がつきました。ならば、もっと積極的にスパイスを食事に取り込もう、とインド人家庭の知恵を教わりに行ってきました。教えてくださるのは、南インド出身のご主人と結婚されて十年ほどという、インド古典舞踊家の佳永子ドッデリさんです。

インド人にとって、食は「キッチン・ファーマシー」と言われるほど、家族の健康と密接に結び付き、そこを仕切るのはアンマ（お母さん）の仕事だそう。佳永子さんが姑のアンマ・ジャヤラクシュミーさんから教わった夏バテしないコツ、その第一は、

冷たいものを摂らないことです。

冷たいものを摂れば摂るほどからだの内側はほてり、さらに冷たいものがほしくなる。ひいては全身を冷やしてしまうのだと言います。インドのひとたちは徹底して冷たいものを避けるとか。当たり前のことのようですが、これがなかなかできないんですよね。わかっちゃいるけどやめられない……わけで。

まずは佳永子さんおすすめの、常温で飲んでもおいしい飲み物からご紹介します。

コツ① 常温でもおいしい飲み物

ダニヤパニは水にコリアンダーシードを入れるだけのコリアンダーウォーター。分量の目安は、水二カップにコリアンダーシード小さじ二。一晩おいて、翌日、漉して飲みます。ふわりと薫る甘く爽やかな香りがおいしい！　不快な湿気を忘れさせてくれます。

ニンブーパニはレモンとミントでつくるインドのレモネードです。水四カップにレモン三〜四個を絞り入れ、ミントリーフ四〜五枚、塩ひとつまみ、クミンパウダーひとつまみ、砂糖は好みで入れ（たとえば大さじ二）、よくかき混ぜます。保冷できるポットなどにつくり、早めに飲み切るようにします。

コツ② おやつに生姜と蜂蜜を

ドッデリ家では、発酵させない全粒粉でつくるチャパーティをよく食べるそう。それにからだを温める生姜などを添えた簡単なおやつプレートでからだのなかから温まると、不思議と暑さが和らいでいきます。

チャパーティにはカルダモンを蜂蜜に漬け込んだカルダモンハニーと、生姜の薄切りに岩塩とレモンをかけただけの塩レモン生姜を添えます。カルダモンは脂肪を燃焼させるほか、リラックス効果もあるスパイス。できるだけ緑色の濃い莢《さや》を割って、半日くらい漬け込みます。飲み物はジンジャーチャイを。おいしくつくるコツは、最初に水でしっかり紅茶を煮出すことです。

コツ③ 夕食は軽くする

アーユルヴェーダの考え方では、人間の健康は消化と密接に結びついているとされています。どんなにからだに良いものを食べても、消化できなければすべてアーマ(毒)

になってしまうからです。一日のうちで消化力が高まるのは日中。だから昼食をしっかり食べて、夕食は軽くする。暑さが堪えているからだは消化力も落ちているので、思い切って夕食を軽くすると、翌朝、エネルギーが回復するように感じます。

佳永子さんがつくってくれた飲み物もおやつも、インド料理のイメージを覆す優しく穏やかな味でした。

スパイスでからだを温めながら食欲増進をはかり、夏を元気に乗り切っていきたいものです。

小さな花を、ふだんの器で気軽に飾る

花をいつも飾っていたいと思います。でも、いざ花屋さんに行くと、花材の値段に腰が引け、好きな花にあれもこれもと目移りし、どれを買ったらよいのか迷って疲れ、結局買わずに店を出ることも少なくありません。

好きな花を一本ずつ買い、それぞれ違う花瓶に飾るのもいいのですが、やはりある程度まとまった花を活けたいと思うとき、上手な買い方、失敗しない選び方のコツはあるでしょうか。

長年の仕事仲間でもあり、二〇一七年に二十周年を迎えた南青山の花店「ル・ベスベ」のスタッフ、中原典子さんに、限られた予算内で家にある花瓶や道具を使って気軽に花を飾る方法を伺いました。

まず、花屋さんで自分の好きな花を選び、小さなアレンジをつくるコツです。

ポイント◇1 中心にしたい花をまず一本選ぶ
ポイント◇2 葉っぱを大切に考える

葉っぱは添え物のように思われますが、活けたときのニュアンスや陰翳をつける役目があり、全体をふんわりと立体的に見せてくれます。二〜三種類入れると動きが出てきれいです。

実際の花選びの手順を、わたしの好きな花でやってみました。

◇1 最初の一本を選ぶ

目にしたら必ず飾りたくなる大好きなライラック。ふっさりとした一枝を中心の花に決めます。

◇2 もう一本、好きな花を加える

さらに、色と形に魅了された深いブルーのクレマチスをプラス。同じ種類でも、花の向きや大きさ、葉の形など、よく観察します。

◇3 次にサブ的な葉っぱ系を投入

ここでニュアンスをつける役割をする葉っぱ系を入れていきます。選んだのは不思議な花もついているセリンセ。丸くしだれる形状が立体感のある動きをもたらします。

◇④ 引き締め色を加える

一度、全体を引いて見ます。ライラックとクレマチス、どちらも淡い色なので、引き締め色を加えることに。濃いチョコレート色のスカビオサを二本プラス。さらに全体のバランスを考えてクレマチスをもう一本とマメ科の葉を少し加えました。

◇⑤ 活ける前の水切り

器に水を用意し、それぞれの花の茎を水切りします。ライラックは下のほうの皮を少し剝いで、切り込みを入れ、水が上がりやすくします。

◇⑥ 全体を整えて飾る

手で形を整え、飾ります。花瓶はガラスのビーカーを使用しました。

ラウンドブーケ、そして名もない花を飾る

少ない花材、また安価な花でも存在感が増し、大人っぽくチャーミングに活ける方法、そして、わたしが好きな「名もない道端の花」を飾る工夫をお伝えします。

ラウンドブーケの花材はスプレーバラを使います。この花は一本に五輪ほども花がついて、だいたい三五〇円くらいでしょうか。お得感があり、わたしも求めることが多いのですが、普通に活けるといまひとつ可愛くありません。そこで、小さなラウンドブーケにしてみたらどうかしら、と考えました。

ラウンドブーケは、いわゆる花嫁の持つ丸いブーケのことです。そのミニミニ版をつくったら可愛いのでは、と「ル・ベスベ」の中原さん。

まず花を中心の茎から切り離し、それぞれ茎の上のほうを持って、一本一本きっちりと束ねていきます。丸く束ね終わったら、そこに好きな葉っぱをぐるりと重ねます。

たとえばピンクの花ならばその色にニュアンスを与えてくれるエンジ色のアクセントが入ったゼラニウムの葉などを選んでみます。花のすぐ下を紐で縛って、茎の長さを切り揃えます。花部分とのバランスを見ながら、十センチほどにします。コツは、すべて同じ長さに揃えるのではなく、切り口が斜めになるように切ることです。茎の短い部分と長い部分があることによって、活けるときに形になりやすいのです。

名もない花や草も、思いがけない野性的な美しさがあるので、見つけたら飾ってみましょう。

わたしは道端の草花が好きで、つい足を止めて眺めないではいられません。かがんでよく見ると、本当に繊細な形や、かそけき色をしているものが多く、愛おしさでいっぱいになります。

小さなプリン型を三つ使って、ヘビイチゴとスミレを中原さんに活けていただきました。スミレはごく小さいのですが、ちゃんとスミレの貌をしています。リズム感が楽しい〝花のある風景〟が生まれました。

小さなプリン型
三つに、
草原から摘んできた
スミレとヘビイチゴを
活けてみる

土用
真夏の養生

土用とは、季節と季節の変わり目の十八日間のことを指します。鰻で馴染みがあるのは夏ですが、四季それぞれにあります。

夏の土用はだいたい七月二十日ごろから八月六日くらいです。四季を通じて土用のときは無理をせず、できるだけゆっくり過ごし、前の季節のストレスや疲れを癒しながら、来るべき季節に備えたいものです。

なかでも夏の土用は、暑さ極まる大暑のころ。梅雨が明け、いよいよ本格的な猛暑を迎えるこの時季は「裏鬼門」ともいわれ、一年のうちでもっとも気が乱れるときとされています。

土用が明けるのは立秋ですが、残暑厳しく、夏バテしがち。まずは飲み物をこまめに摂って、小さな休息の時間を一日のうちに何度もつくっていきましょう。

カテキンがたっぷり含まれている粉末緑茶や抹茶、梅シロップや紫蘇ジュース、ハーブコーディアルや、飲むスタミナ源といわれ、江戸時代から親しまれてきた甘酒などなど、好きな飲み物を多めに揃えておきましょう。

朝一番にからだに入れるものは白湯がおすすめです。この季節だからこそ、からだを冷やさない飲み物を最初に飲んで、温めながら血流を促してください。そして日々の暮らしも無理は禁物です。上手な手抜きの技が、この季節こそ光ります。わたしは夕食をカフェ風にしてみました。

夕食が一日の最大の締めくくり、一汁三菜、栄養バランスも常に忘れず、しっかりつくる、という習慣が親の代から身についてます。でも、一日の終わりはもはや暑さにやられてくたびれきっています。

簡単なサンドイッチやスープ、市販のラーメンにパクチーやミント、レモンなどをどっさり加えたベトナム風麺など、買ってきたものでもカフェ風にアレンジし、好きなデザートや飲み物も揃えて、軽めに食べる。意外と家族もこんな食べ方を面白がってくれ、もっと早くやればよかったと思うほどです。

だらだらする——亜熱帯の国に暮らす人々が、大きなガジュマルの木の下で、飲んだり食べたり、ただ座っていたりする。そんな暮らしの極意を、わたしたちもいよいよ見習うときがきているのかもしれません。

秋の養生

寒露

暑さもすっかり影を潜め、空が高くなる十月。二十四節気で十月八日ごろを寒露といいます。まだ寒いというほどではなく、日中は暖かさもあるけれど、朝露に触れると思わずその冷たさに驚く——そんな情景を思い浮かべる美しい呼び方です。

十一月七日ごろの立冬まで続く、秋真っ盛りであり、季節の変わり目。暑さや湿気と闘ってきたからだは、まだかなり疲れを残しているはずです。まず、冷房や食べ物で冷えた胃腸の疲れから取っていきましょう。

小麦粉、白砂糖、乳製品を控えて、白湯をよく飲むようにします。

食事をするタイミングにも注意。食べたものが完全に消化してから次の食事をしていますか？

忙しい日々のタイムテーブルのなかで、そうすることはなかなかままなりませんが、お腹がすききってから次の食事をするとしないとでは、胃腸の負担と疲れ方がまるで違います。なぜならからだに良くない影響を及ぼすものは、概《おおむ》ね消化しきれなかった食べ物だからだそうです。

できれば食べる量をやや控えめにし、消化力が一日のうちでもっとも高いといわれる昼食をしっかり、夕食を軽めにするだけでも違います。

なぜ消化にことのほか注意を向けたいかというと、秋は乾燥の季節だからです。乾燥は肌の表面ばかりでなく、からだのなかにも及び、肺や大腸にも悪影響を与えるという説もあります。

この季節は、乾燥を防ぐ、水気の多い、ぬめりのある食材と、煮物などの温かくて汁気の多い調理法がからだを助けます。大根やカブなどをお出汁でシンプルに炊いたり、青菜をおひたしにしたり。白ネギや蓮根も呼吸器の働きに効果があるとされています。そして、揚げ物や焼き物を少しだけ控えてみると、からだのなかから瑞々しさが満ちてくるでしょう。

秋は結実の季節。太陽の光である陽の気が弱まり、陰の気が勢いを増すにつれて、上へ横へと伸び広がっていた植物も、身を引き締めて実りを迎えます。つまり、内側に籠る時季。静かに読書をしたり、手紙を書いたり、なにかをじっくり行うことに適しています。ついついバタバタと走りがちな毎日ですが、この時季だけでも落ち着いて暮らそうと心掛けています。

第三章

未来をつくる

トイレのダーラナ家族

大学四年の終わり、下宿を引き上げて娘が家に戻ってくることになったとき、今度こそしっかり家事を躾《しつ》けなくては、とわたしは手ぐすねひいて待ちかまえていました。鉄は熱いうちに打て、とはよく言ったもので、子どもの躾にも最適な時期というものがあるのだと思います。まだ小さなときに、親とキッチンに立ったり、掃除の工夫を楽しめた子どもは、いとも簡単に家事を身につけてしまうのではないでしょうか？

と、同時に、躾けるときはその場を見せて、その場で叱る、という鉄則があるとも思います。開けっ放しの扉、洗い忘れた茶碗、かたく絞れていない布巾などなど、よくぞここまで、というくらい家のなかは娘が最後までやりきらない「パナシな家事」でいっぱいです。それを直させるためには、わたしが自分でやってしまって、あとから小言を言ったのではだめなのです。

きちんとできない子は、途中で意識がどこか別のところに飛んでいってしまうのでしょう。その場ですぐ自覚させるしかありません。

とはいえ、それは結構大変なことです。自分でやってしまったほうが、どんなに簡単で楽かしれません。わたしは人生でもっとも忙しかった時期が娘の幼少期にあたっていました。毎日、仕事に追われ、くたくたに疲れて、何とか必要最低限の家事をやっつけるので精いっぱい。

頭のなかでは風邪薬のコマーシャルのように、親子が一緒に過ごす時間の可愛い情景が浮かんでいても、現実には眉間に皺を寄せ、帰宅するや否や着替えもせずにイライラ家事をする。子どものペースを尊重しながら教え、待ち、ともに行うことは、とても無理な状況でした。

案の定、娘は見事に「パナシ」女となり、下宿は床が見えない汚部屋状態、さすがのわたしも怒る気力が萎えるほど。

これはしっかり監督下に置き、一から躾け直すしかない、と思って待っていましたが、実家に帰った安心感と、うまくいかない就活の疲れとで、娘は眠ってばかりでした。

家事をやれやらない、の攻防戦が毎日勃発、うちのなかの空気がこれ以上なく荒《すさ》んできたころ、ついに私も白旗を揚げ、娘に提案しました。

何かひとつでいいから毎日、決めたことをやりなさい。

そう言うと、意外なことにあっさりトイレ掃除、との答えが返ってきました。

その日の夜、遅く戻ると娘はもう二階の自室にいて、一階は明かりが消えていました。掃除を言いつけたことも忘れてトイレに入ると、意外なものが目に飛び込んできました。

壁に取り付けた小さな洗面台の上に、馬の家族が並んでいたのです。

この馬は、スウェーデンのダーラナ地方というところでつくられている「ダーラナホース」という伝統的な木馬で、私が好きで少しずつ集めているものです。

オレンジが父、白に飾りが母、小さいのは子ども、となんとなくそんな格好で、普段は水洗タンクの上に飾っていました。

細い洗面台の縁に移動した馬たちは、ちびの仔馬を真ん中に、お父さんとお母さんが両側から向き合うように置かれていました。

それを目にした瞬間、胸を衝かれました。

娘の幼少期、躾の前にもっともやるべきことがあった。たっぷりとコミュニケーションをとり、スキンシップをするべきだった。

土台がなければ、その上に何かを築くことはできません。もっとも親が必要な時期に、わたしは十分なかかわりを娘に与えてやれなかったのです。馬の家族は無言のうちに、彼女の心のなかにずっと積もっていた寂しさを表しているように見えました。

ダーラナホースたちは、娘が掃除をするたびに並べ替えられました。

あるときはお父さんを先頭に一列に並んで行進、またあるときはお母さんと子どもが鼻面を寄せるように向き合い、お父さんが少し離れて、そしてあるときは親子三頭がぎゅっとくっつき合って……。

それから三年ほど経ち、最初のころの寂しい色合いの強い並べ方から、いつの間にか、仔馬が安心して親から離れているように見える位置に置かれることが多くなってきました。

「あの馬さ、どういう感じで並べているの？」

あるとき、娘に訊いてみました。

「まず、子どもを一番重く考えているのね。子どもがどうしたいか、を考えて最初に場所を決めて、あとは親馬を並べていくんだよ」

掃除の最後に、狭いトイレで、馬の家族のストーリーを考えながら並べている娘の姿を想像すると、おかしくもあり切なくもあり、複雑な感情が込み上げてきます。

すぐに家事全般を躾け直さなくては、と焦りそうになるのを戒め、人一倍ゆっくりの娘のペースに合った暮らし方を一緒に考えていこう、と自分に言い聞かせました。

トイレのダーラナ家族のように、つかず離れず、でも心はいつも娘を抱きしめながら。

最近ではダーラナ家族も
すっかり安定。
親子で仲良く
のんびりひなたぼっこ

えっ、わたしって子離れできてなかったの⁉

バッグよし、服よし、靴よし、髪の毛よし。心のなかでチェックして、玄関を出る娘を見送ったのは、夏真っ盛りの朝でした。

娘にとって人生初の一大イベント、お付き合いしている方のご実家へ、泊まりがけで遊びに行くのです。

もういい年ごろのおとなですから、本来ならば何の不思議もありません。とはいえ、結婚を前提としたお付き合いは初めてのこと。春に出会い、あれよあれよという間に、結婚を考えていること、夏休みに彼の実家に泊まりにいく旅を計画していることを聞かされました。

はいはい、いいよ、もうおとなだもの。でも、結婚はよーく考えてね。ちゃんとある程度、お付き合いしてから結論を出したほうがいいよ。

すると娘はゲラゲラ笑いながら、

「なに言っちゃってんの、自分だって二ヵ月でトウサンと婚約したくせに。わたしらもう四ヵ月経ってるもん、倍ですよ、倍！」

しまった！　うかつに自分のことを話すべきじゃなかった、と思いましたが時すでに遅し。幼いころから折に触れ、夫婦のなれ初《そ》めや新婚当時のことを訊きたがる娘に、いい気になってペラペラしゃべってしまったことを悔やみました。

　わたしはお見合いした相手と二ヵ月で婚約しました。いまから三十年ほど前のことです。

　お見合いの場合、当時としては決して早くない婚約でしたが、直観的に、すぐ「現場」に入ったほうがいい、と感じたのです。現場とは、結婚生活のこと。当時、編集者として会社勤めをしていましたが、仕事が昼夜兼行の忙しさであるうえに、わがままな変わり者である自分は、協調性を問われる結婚というものに本来向かないであろうことを予感していました。

　ふわふわとデートを重ねる余裕はない、早く現場に入り、実戦で叩き上げなければ、というのが率直な気持ちでした。

しかし、娘にはまた違う願いをもっていました。

人は何のために生まれてくるのか、と問われれば、それは愛を知るためだと思うのです。

愛すること、愛されること――生きるとは、それに尽きるのではないでしょうか。結婚という形をとらなくてもいい。形など何でもいい。ただ、誰かを心底、愛する経験をしてほしい。

そして願わくば、愛されてほしい。親でも友だちでもなく、異性に愛される喜びと切なさを知ってほしい。

そしてさらに欲を出すなら、幼いころから交通事故の後遺症に苦しみながら果敢に生き抜いてきた娘を、わたしがいなくなってからも抱きしめてくれるひとに巡り合ってほしい、と。

そんな日が本当にくるのだろうか。

三十歳が近づくにつれ、諦めも生まれてきました。このまま、ひとりのまま一生終わってしまうのではないだろうか。

それはあまりに残念だ、と思いながらも、それでもいい、娘が選んだ人生なのだから、と少しだけホッとしている自分も確かにいたのだと思います。

いまの若いひとたちは、恋人のことを第三者に話すとき「彼氏さん」と言うんですね。恋人とか彼とか、そういう言葉のニュアンスに照れるのでしょうか。

さて、夏休みの旅について、「彼氏さん」から、親御さんに許可を取りたいので会いたい、と娘を通して連絡がありました。

まだ二十代なのにしっかりしているなあ、と自分が若かったときのことを思い出しました。二十五歳くらいまで、仕事もしましたが遊びにも夢中で、異性と外泊したり旅に出るのは当たり前、いちいち親に言うなど考えられなかった青春時代。いまは世のなか全体が、良くも悪くも過保護になっているのでしょう。とはいえ、そんな彼の思いやりに、ただただ感謝の気持ちでいっぱいになりました。

でも、正直、会いたい気持ちと会いたくない気持ちは半々。気が動転したまま、待ち合わせの時間が迫ってきます。

約束したカフェの前で、彼はかわいそうなほど緊張して立っていました。娘を見ると、いつもどおりののほほんとした様子です。

テーブルにつき、丁寧な口調で旅の計画を話す年下の彼氏さんと、その隣に座る娘を見て、ありゃまあ、と思いました。

ふたりが十年も連れ添った夫婦のように落ち着いて見えたからです。

運命のひと、などという言葉は軽々しく感じますが、あまりにぴたりと合ったふたりのオーラに、こりゃ結婚まっしぐらかも、とわたしも覚悟を決めました。

まだ婚約もしていないのに、相手のご実家に行き、泊まってしまうという大胆不敵な行動は、自分だったらとても考えられません。娘は非常にネガティブな一面があるかと思えば、あまり神経質にならずに相手の懐に飛び込む人懐こい性質もあり、そこがわたしとはまったく違うところです。

しかし、なににつけ抜かりある娘の旅支度に、つい口を出しすぎてケンカになります。

旅立つ前夜、

「裸足は絶対だめだよ、バッグはテーブルや椅子の上に置かず床に置くこと、パジャマ姿でウロウロしないでよ、使った後のトイレ、お風呂場、洗面所は振り返って指さし確認、いいね！」

と言い聞かせ、またかよ、とうんざり顔の娘に、あらためて「しつからなかった……」と心のなかで敗北宣言。

娘よ、それが「現場」なのだよ。結婚とはラブラブにあらず、相手のお家がもれなくついてくる「生活」であり「一挙手一投足」の積み重ねなのだから。

新婚当初、婚家での気の利いた社交や立ち居振る舞いがまったくできない嫁であった自分を思い、遠く北国で待つ彼のご両親とうまく心通わせられますように、と手を合わせるような気持ちで送り出しました。

その夜、ほとんど一睡もできず、朝を迎えました。

もちろん娘からは何の連絡も、着いた、の一言もありません。

粗相をしてないか、気働きができないことを呆れられていないか、と気にかかり、ええかっこしいの自分にうんざりしたり、若いころ、あなたを信じている、といつも親に言われていたことを思い出したり、なぜか自分の子ども時代と、娘とのすぎ去りし日々が頭のなかをぐるぐる巡って、目は冴えわたるばかり。

そして一番びっくりしたことは、遠くない将来、娘が結婚して家を出るという目の前の現実に、かつてない寂しさを覚えているということでした。

えーっ、ウソでしょ。わたし、まだ子離れできてなかったの!?

留学中も、帰国後の学生時代も、娘と離れて暮らす日々に心配はあっても、寂しさを感じたことはありません。

理由のつかない薄青い紗のような寂しさが、ふわりと心を覆ったことに、わたし自身が戸惑っていました。


雨のなか、娘が旅から帰ってきました。

大きな紙袋を持ち、見慣れないビニール合羽を着こんで、玄関に立つ彼女の顔は、少し疲れてはいますが、晴れやかでした。

どうだった？

勢い込んで訊こうとして、ハッとしました。

娘から、懐かしい匂いがしたからです。

それは小学校低学年の夏の終わり、プールから帰ってきたときと同じ匂いでした。

麦わら帽子をかぶり、水色の細かいチェックのコットンローンのワンピースに白ソックス。狭いマンションの玄関に立つ娘から、汗と入り交じって、鉱物のような、西瓜のような匂いがしました。薄甘く、ちょっと苦っぽい、それはまさに娘らしい匂いでした。額にはりついた細い髪の毛をかき上げ、日焼けした肌に噴き出た玉の汗を拭いてやると、にっこり笑って「喉かわいた」。ごくごくと水を飲む、そのすべらかな喉の動きを見ながら、なんだろう、この生き物は、と不思議な思いで娘を見つめました。可愛いとか愛おしいとか、そんな言葉ではとうてい表せない、この、わたしの胸をかき乱すいきものは。

ずっと遠い彼方から、そんな記憶がよみがえってきました。

「あー重かった！　空港でいっぱい買っちゃったよ」

わたしのおセンチな気持ちをよそに、娘は巨大クッキーを紙袋から取り出して、ホイ！　と渡してくれました。

「どうだった、あちらのおうちは？」

「うん、すごくいいご両親だった。感じがよくって、仲がいいの。和気あいあい。うちと全然違ったよ」

出た！　さっそく出ました「うちと違う」発言。

まだ五十代前半というイケメンのお父さんはギターが得意で、山下達郎はじめ、いろいろな曲を歌ってくれたそう。お母さんとは大学の同級生で、一家全員の趣味は映画だという。

それは楽しそうなおうちだね。彼を見ればわかるけれど、とってもいい感じ。

「そーだよ、うちみたいに変じゃないいんだよ。まともなの」

彼氏さんの育まれた環境は、娘にとって憧れるもののようでした。それはごく普通の、仲の良い家族の風景です。娘はいつも、そういう家庭を望んでいました。

「まったくさあ、変わり者の母親に育てられて、あたしゃこんなになっちゃって、ほんとイヤ。もっと普通がいいのよね、彼のおうちみたいな」

娘の口癖は「淡々と平凡に暮らしたい」です。

日々が淡々と流れていく暮らしが理想なのに、彼女の人生は、ジェットコースター並みの変化に富むものでした。食べ物も、さっぱりしたレモンパイが好物。濃厚なチョコレートソースがドロリと流れ落ちるフォンダンショコラ好きのわたしと合うわけがありません。

娘がわたしを嫌う理由は、わたしにも責任があります。家族と感覚を共有できないからです。

たとえば三人でソファに座ってテレビドラマを観るとします。笑いの沸点が異様に低い家人がケラケラ笑うのを、チッと思いながら横を見ると、片手にスマホを貼り付けた娘が、無表情で画面を凝視、苦虫を嚙みつぶしたような顔で脚を組み直すわたし、というのが我が家の団欒《だんらん》の図です。

これ、団欒とはいえないのではないでしょうか。わたしは本当に団欒が苦手で、自分の思うこと、感じることを家族と分かち合えないのです。それはもう、業としか言いようがありません。他にも、ひととのコミュニケーションができない、電話も苦手のひきこもり、ならば家庭的なことはどうかと問われれば、それもあまり得意ではありません。

これでは、家庭的な母親像をことのほか求める娘が、わたしを好きになれないというのも当たり前です。

けれどこの日、自分の望む家庭を、娘はパートナーとつくることができるのだ、と気がつきました。

祝福すべきことなのに、一抹の寂しさを覚えるのは、娘の求めるような家庭をつくってやることができなかったことに、取り返しのつかない後悔があるからです。新しい可能性を創出するであろう結婚は、古びた人間に容赦なくだめ出ししてきます。それが目に見える形ではっきりしたいま、用済みのハンコを押されたような気持ちになりました。

留学中と日本での大学時代、離れて暮らしていたのに寂しいと感じなかったのも、離れていればこそ、わたしも必死で娘と生きていた、無我夢中な現役だったからでしょう。仕事の場では、まだまだ老いを感じることはありませんが、暮らしのなかでは、以前よりずっと余裕が生まれ、その余裕こそが、娘とわたしの選手交代を告げています。

「淡々と平凡に暮らしたい」と言う娘を、ある意味、見上げるような気持ちで見つめてきました。まさに自分自身をよく知っている。ひとと自分を比べない。できないことも多いけれど、ひとたびこうと決めれば何があろうとやり通す意志の強さ……。

これらすべて、わたしが教えたり躾けたものではありません。わたしと真反対な、娘の生まれもった資質、わたしにとって憧れる資質です。

親はなくても子は育つ？

老いては子に従い。

老兵は去りゆくのみ？

そんな言葉がにわかにリアルに迫ってきます。

「明るい団欒のある家庭をつくれるといいね」

「白い恋人」をボリボリ齧《かじ》る娘にそう言うと、

「うん、そうだね。でもなー、何事もそう簡単に思ったようにはいかんでしょ。貯金もしなくちゃなんないし……」

いつの間にか、ほんの少し翳《かげ》りを帯びてきた目元を伏せながら、でもまだ子どもっぽさの残る声で答える娘に、なぜかホッとし、一週間の緊張が肩から落ちていきました。

写真集『ひろしま』をひもといて

毎年、八月六日が来ると、ああ今年もまた行くことができなかった、と苦い後悔が込み上げてきます。

思えば小学生のころから、いつかは広島に行かなければいけない、直視しなくてはいけない、と思いながら、ついに還暦を越えてしまいました。観光や物見遊山《ものみゆさん》で行ってはいけない。そんなトラウマめいた気持ちは強いのですが、なかなか足を踏み出すことができないでいます。

わたしは戦後の高度成長期に生まれました。敗戦からわずか十年ほどしか経ていないにもかかわらず、まるでそのことを忘れたかのように日本中が前を向き、活気に満ちて前へ前へと突き進んでいた時代でした。

テレビ、冷蔵庫、扇風機に自家用車。母はビーフシチューが得意で、日曜日には家族揃って中華料理を食べに出かけました。

けれど、駅前には白い包帯をぐるぐる巻いた傷《しょう》痍《い》軍人がアコーディオンを弾いて、道行く人から施しを受けていました。たいていはガード下にふたりで並び、ひとりは黒いメガネをかけて立ち、もうひとりは片足を投げ出して座っていました。

大勢の人々が闊《かっ》歩《ぽ》する華やかな渋谷駅の、そこだけが陰りを帯び、冷え冷えとした空気が漂っていました。戦争というものに対する漠然とした恐怖が、ざわざわと胸のうちで揺さぶられました。

見てはならない。同情は傲慢だ。足早にそこを通り過ぎるたび、身の置き所のないような複雑な感情が起こりました。戦争のことは忘れ、未来を見つめてがんばればいい。がんばればきっとよくなる、誰もがそう信じていたのです。

最近、日本をだめにしたのは、わたしたちの世代かもしれない、と思うことがあります。戦争に対する恐怖心だけが異常に強い弱虫で、現実には繁栄していく国の快楽を丸ごと享受してきたのが、わたしたち昭和三十年代生まれだからです。

常に、あるうしろめたさを感じてきましたが、初めて写真集『ひろしま』(集英社)と『Ｆｒｏｍひろしま』(求龍堂)を手にしたとき、日本を代表する世界的写真家で、しかも年上である石内都さんが、この仕事を受けるまで広島に行ったことがなかったと知り、正直ちょっとホッとしました。

石内都さんの『ひろしま』は、広島平和記念資料館から依頼され、同館が保管している約一万九千点の被爆死した人々の遺品と被爆した品物のなかから、直接肌身につけていた品物を選んで撮影された写真集です。

撮影は二〇〇七年の一年間をかけて行われました。

撮影を終えて、初めて訪れた広島の街で、石内さんは「固定された広島なるもののイメージが解きほぐされていった」と書いています。

下からの光で撮影された服たちは透明感があり、一見、アート作品のように美しく見えます。しかし、思わず眼を近づけると、その瞬間、愛らしい花柄のフリルに見えた部分が、皮膚に焼き付いた布を剥がした跡のよじれだと気づきます。

石内さんは後年、なぜこの仕事を受けたのか、という質問に対し、「原爆ドームを実際に見たとき、思ったより小さくて、可愛いと感じたから」と語っています。

その言葉を知ったとき、ああ、原爆ドームは原爆ドームではなかったのだ、もとはチェコ人の建築家によって設計された物産陳列館だったのだ、と、当たり前のことを思い出しました。そして、悲惨さばかりを思うこともまた、そこに生きたひとりひとりの人生を、街の気配を、固定化してとらえることにほかならない、と気がつきました。

『ひろしま』の巻末エッセイで、石内さんは撮影の様子をこう書いています。

「東京から運んできた人工の太陽（ライトボックス）にかざすようにしてワンピースをソッとおく。生地が織られ、裁断され、縫い合わされて、その日の朝に着ていた背景が浮かびあがる。戦争と科学の実験の場にされた町に遺る品物は、何も語らず、ただそこに在るだけなのに、ディテイルの過激な陰りと裏腹に、鮮明な彩色と上質な衣布（ぬのごろも）のテクスチャーに思わず息をのむ。光の中を漂う時間の糸が無数に交差して、記憶の泉になっていく。小さなモノ達は自然の光のもとに連れ出して、忘れてしまった本来の姿に近づける。資料となってしまった日から今日までの時間は、私の生きて来たのとほぼ同じ長さであることを実感する。

今、私に出来ることは、眼の前にあるモノ達と共有している空気にピントを合わせ、その場の時間をたぐり寄せながらシャッターを押すだけだ」（『ひろしま』巻末エッセイ「在りつづけるモノ達へ」石内都著より抜粋）

写真集『ひろしま』ができ上がっても、石内さんと広島の関係は終わりませんでした。遺品はいまも、原爆資料館へと送られてくるのだそうです。二〇〇七年から二〇一四年まで撮りつづけた遺品の写真は、大型本『Ｆｒｏｍひろしま』にまとめられました。

そのなかに、心打たれた一文があります。

「あの日の時間を刻んだ品物は、硬くくすんでいるけれど、つかの間の自由を私と共に過ごすうちに、やわらかで色彩豊かな本来の姿にもどっていく」(『Ｆｒｏｍひろしま』巻末エッセイより抜粋)

「遺品」とひとまとめに名付けられたものから、ひとりひとりの名前をもつ個人に属する服や靴へ。

写真によってそこに立ち還ったとき、持ち主の時間はよみがえり、それぞれの人生が現れてくるのを感じました。

縦に、小さな赤い丸ボタンが可憐に並んだワンピース、レースの縁取りのついた細かなチェックのドレス、袖口と襟の濃い藍の色がいまなお鮮やかなセーラー服……。

慈しんで身につけてきたであろう衣服に宿る魂は、人間の限りある時間を超えて、いまもなお生き続けているのではないでしょうか。

『ひろしま』、『Ｆｒｏｍひろしま』に映し出されたものは、残酷な死を越えて、確かに在る、魂の姿に思えてなりません。

ひとは生まれて死ぬだけではない。

魂たちはそう語りかけてくるかのようです。

なぜか泣けてしまった―沖潤子展「月と蛹《さなぎ》」を観て

わたしが愛してやまないアーティスト、沖潤子さんの展覧会が二〇一七年初夏に、銀座の資生堂ギャラリーで開かれました。

沖さんは二〇〇二年から、まったく独自の手法で刺繍をはじめられましたが、わたしが出会ったのは二〇一四年刊の、『ＰＵＮＫ』（文藝春秋）という作品集がきっかけでした。

金箔押しの函装、糸かがりの背、それだけでも驚愕の迫力でしたが、ページを開くと圧倒的な色と糸の洪水に息を呑みました。

これだ！と思いました。わたしが人生を通してずっと探し求めてきた芸術、表現、もっと言えば「魂の表出」に出会った、と確信したのです。

それは、いままで経験した「感動」といった心の動きをはるかに超えるものでした。

ページを繰るごとに涙が止まらなくなったのです。

もう泣けて泣けて、どうしようもありません。その日から、沖さんの仕事を追いかけるようになりました。

二〇一六年、金沢21世紀美術館の展覧会に行き、帰京した翌日、東京・表参道のディーズホールではじまった「gris《グリ》 gris《グリ》」という小さなお守りのペンダント型布袋と小作品の展示会に。

そして二〇一七年、ブリュッセルでの初の海外個展の余韻もさめやらないうちにはじまったのが、銀座の資生堂ギャラリー「月と蛹」展です。

地下の会場に降りると、デ・キリコの絵画を思わせる光と影のインスタレーションが空間いっぱいに広がっていました。鉄枠に包帯を巻き、作品を糸で枠に留めつけた展示は、布に施された刺繍を表裏どちらからも観ることができ、不思議な浮遊感をもたらします。床には作品の影が、まるで生き物のシルエットのように落ち、子どもがやってくると、すぐに影踏みをはじめるそうです。

「月と蛹」というタイトルはいかにも沖さんらしく、また特別に意味深い印象がありました。

会場で配布されるパンフレットに載っていた言葉をここに引用してみます。

「自然界の蛹について話を聞いた。
外皮を形成し終えた幼虫は、外皮の中で生殖器と神経のみを残しドロドロに溶解し、
成虫へのメカニズムは未だ解明されていないという。
命がけの成長に驚き、神秘に魅かれた。
小さな家に籠ってほぼ一日手を動かす自分を蛹に重ねる。
虫が蛹を経て蝶になるという大業を自然にやってのけるように、
私も自分のゆくえを知っているはずだともがく。
作品は変容を続ける私の皮膚である。
制作をしながら幼い頃のことが幾度となく思い出され、
半世紀をかけ自分が未だ答を得ていないことに気づいた。
このまましばらくは羽化することなく
皮膚の下で蠢いていたいとねがう」(「蛹について」より抜粋)

沖潤子さんは一九六三年生まれ。キャラクターデザインの企画会社に勤めていた
四十代になったころ、仕事に必要な感覚と自分自身の表現との齟齬《そご》に苦しみながら、

オリジナルでネクタイやバッグをつくりはじめました。

あるとき、亡くなった母親が遺したたくさんの布を前に考えあぐねていたとき、当時、中学生だった娘のメイさんが、その一枚をザクザク切って刺繡をしたトートバッグをつくってくれたのです。ああ、切ってもいいのだ、自由につくっていいのだと衝撃を受け、衝動的に糸と針を持ち、感覚の赴くままに刺していったのが最初だといいます。

刺繡されることによって、もはや立体と化したかのような古い布たちは、別の面差《おもざ》しを纏《まと》って、生まれ変わったように見えます。

それぞれの布が、刺された糸によって変容している。あるものは火山のように、またあるものは果物のように、血管のように、宇宙のように。その様《さま》に、わたし自身にも自由が与えられていることを知り、激しい解放感を感じました。

この展覧会では、五分もしないうちに涙が溢れてきました。その感情は、はっきりと言葉にすることはできません。

わたしは、手仕事はからきし苦手な不器用な人間ですが、常に針と糸と布がある家に生まれ、母と祖母の手づくりの服を着て育ちました。

針や糸、古い布は人生の記憶と直接結びついています。でもそれだけではなく、作家が全エネルギーをかけた刺繍から発せられる強い熱量に触れることで、女であることと、女として生きていくことを肯定されるような気がするのです。

おおらかな、温かな、強い腕でそっと抱きしめられるように。

観終わった後、暑い銀座通りへ出たとき、いままで女として傷ついてきたその傷跡が、見えない糸で縫い合わされ、美しい模様に変えられている、そんな気がしました。

古布や古い衣装に
ミシン糸で刺繍する。
二〇一八年からは
「KOSAKU
KANECHIKA」を
拠点として新たな挑戦を

無心の美──二見光宇馬・陶仏の世界

初めて二見光宇馬《ふたみこうま》さんの陶仏を見たのは京都・祇園の瀟洒《しょうしゃ》なギャラリー、「昴－KYOTO」でした。展覧会ではなく常設のときで、フランスの美しい小さなアンティークのしつらえの傍に、そっと置かれていたのを覚えています。

なんだろうこれ……顔を近づけ、仏様だとわかったときは、ちょっとびっくりしました。

掌にのる大きさのその仏様は、小さいのに存在感が尋常ではありません。のんびり、おっとり笑っているようにも見え、くつろいでいる様子なのに、圧倒的な気品があるのです。それでいて、押しつけがましさがまったくありません。水のようにさらさらしたオーラです。

心に浮かんだのは「無心」という言葉でした。

無心で生きることほど、自分にとって難しいことはありません。欲が深く、努力もするが執着もまたすごい。年齢を経て、そうした心の問題を重く感じはじめていたとき、光宇馬さんの仏様は静かな、しかし忘れられない印象を残しました。

最初に求めたのは二〇一六年、昴‐KYOTOの永松仁美さんが阪急うめだ本店で開催された「楽しき愛しきお誂え」展のとき。大切な友人へのお祝いに蔵王権現の小さなものを買ったのですが、自分のためにはまだ早い、どこか心のなかでそんな声もして……。ご縁があれば、また会えるはず。欲をかいてはいけないと戒める、内なる声に従いました。

そのとき、在廊されていた光宇馬さんにもお会いしました。作品の仏様とそっくりの、男性ながら純真な、そして少し浮き世離れした雰囲気に驚いたり、納得したり。どんな方なのだろう、どんな暮らしのなかから、このような作品が生まれるのだろう、と興味が湧きました。

光宇馬さんは京町家の工房で、電気も冷暖房もなくストイックに暮らしているらしい、という噂が聞こえてきました。

本当かしら、でも彼ならあり得る……そんなことを思いながら、永松さんにご紹介いただき、本邦初、ご自宅兼工房を見せてくださるというお言葉に甘えて、御所東を訪ねました。

　京町家らしい小さな玄関を入ると、なかは意外なほどゆったり感じます。そこは、見事なまでに端正な、美しい空間でした。

　窓からの光に浮かび上がる仕事場は、まるで小津安二郎《おづやすじろう》の映画のよう。物が少なく、置かれているものがすべて吟味されているからでしょうか。

　ご実家から持ってきた拭漆《ふきうるし》の茶簞笥も、モダンな木のベンチも、キッチンにさりげなくかけられている豆絞りの手ぬぐいまで、すべてが用の美といったイメージです。

　電気は必要ないんですか？　と言うと、彼は笑って、

「いやいや、電気も、ヒーターもちゃんとあるんですよ。ただ、使わない癖がついてしまって。なくてもいいし、底冷えする日は火鉢に炭をおこし、それでもだめなら、お風呂でからだを温めてから制作に取り掛かります」

　伺った日は雨で外は暗く、キッチンのレンジフードの灯りだけをつけていらしたのですが、それにすっかり馴染んでしまい、いつしか心が落ち着いてきます。

　そうか、心が落ち着くとは、こういうことだったのか、と改めて感嘆しました。灯

りも音も空調も、現代人の暮らしは実は過剰で、心の平安をかえって奪っているのかもしれません。

この空間の美の源をかたちづくっているのは、完璧に行き届いた掃除です。毎朝、五時に起き、掃除をするところから一日がはじまるそう。まずトイレ、次に床を雑巾がけします。日課であるこの掃除は、実は光宇馬さんの仕事と人生にとって、深い意味がありました。

大学で農学を修め、東京でお兄さんと暮らしていた三十歳くらいのとき、最愛のそのお兄さんが亡くなられたのです。

音楽を通して、物づくりの影響も受けていた兄を喪《うしな》い、ふさぎ込む彼を見かねたご両親が、知人の陶芸家と引き合わせ、通いの内弟子に入りました。

陶芸家の下で毎日、見よう見まねでする掃除からはじまった修業。

「人間はいつ死ぬかわからないので、死んだ後に身の回りの物がそのひとを語るようなところがあると思うんです。だから死ぬ準備というか、その瞬間を整える、きれいにすることがとても大事だと。命をいただいて、いろいろな経験をさせてもらっているので、その命への礼儀という気持ちで、なるべく手の届く限りきれいにしていたいと思うんですね」

ああ、耳が痛い。でもなんて素晴らしいのだろう。

「お掃除が何より大切、夢とかよりも大切です」と光宇馬さんは言い切りました。

陶芸の修業をはじめてからしばらくしたころ、あるひとに自作の器を見せる機会がありました。するとそのひとは、何を思ったか「あなたには仏様をつくることができるので、やってごらんなさい」と言ったのです。

最初は何のことかわからず、でも少しずつ勉強したり、仏像を見たりしていくうちに、つくりはじめると、どんどんできていったそうです。

それから現在の道に入られ、故郷の熱海を離れ、京都での暮らしにも慣れてきました。はじめのうちはお兄さんに手紙を書くようなつもりでひと月に一体とか二体をつくっていたのが、すぐに数が増え、するとお兄さんと会話するような気持ちが生まれ、いまも二人で一緒に彫っているような気がするそうです。だからこそ無心、無欲でいられるのかもしれません。

「あまり無理して、いい仏様にしようと思わないようにしています」という言葉は深く響きます。ひとの人生の大変さはほとんどが、もっとよくなりたい、と思う欲から

一センチほどの仏像が
並ぶ光宇馬さんの展覧会。
気に入った仏様と
いつでも一緒にいられる。
これは二十センチくらいの
白い仏様

きているからです。

光宇馬さんの静かで強い信念は、死の悲しみを体験したときから育まれてきたのでしょう。季節に寄り添い、空間を清め、自然体で生きる。お兄さんがその命で導いてくれたこの道で。

ご自身のつくられる仏様に似た、温和で優しい面差しの光宇馬さんに、これからも無心のまま、巧まず彫り続けていってほしいと願わずにはいられません。

何かがある、根室

初秋の根室へ旅してきました。

そう言うと、みんなが不思議そうな顔をして尋ねます。なぜ？　そこになにかあるの？　そう言われてみると、特別定かな答えはなく、直感で、としか言いようがありません。年々夏に弱くなり、へとへとになっていたある日、ふと見たインスタグラムのなかに、幻想的かつ健やかな、見たこともない大自然の写真を見つけたのです。それが根室でした。

誰もいない手つかずの自然のなかに身を浸し、両手を大きく空に伸ばし、アアアーとか、グォーとか叫んでみたい。そんな本能的欲求に突き動かされ、はるばるやってきたのでした。

根室に行くなら花咲線で、というのが願いでした。ローカル鉄道が大好きなのに、なかなか乗る機会がありません。まず釧路まで飛行機で飛び、空港からリムジンで一時間ほど行ったJR釧路駅前のビジネスホテルに宿をとり、翌朝、八時十八分発の花咲線に乗り込みました。

いるいる、カメラ抱えた鉄オタのみなさんが。なんだか楽しい気持ちになり、進行方向右側の席に座りました。バスのような音と動きをしながら、駅を出ていく白い小さな花咲線。座席にも根室の動物などが描かれ、旅の気分を可愛く盛り上げてくれます。太平洋側の海沿いを東に向かって進む二時間半ほどの旅がはじまりました。

車窓からの景色は、思った以上に好みでした。湿原も美しいのですが、次々に現れる森が、もはや北欧と言ってもいいくらい植生が違うのです。日本の森はどうも親しみが湧かない、と感じていましたが、その理由がわかりました。キラキラと光に輝く葉と、白っぽい幹を持つ木々は、子どものころに読んだ、大好きだった森の物語の舞台そのものです。うっとりと見とれているうちに、あっという間に根室駅に到着しました。

駅は思いのほかこぢんまりとしていて、観光客もおらず、ちょっと不安になるくらいです。ところが少しすると、からだがふっと軽くなるではありませんか。気がつくと、持病の重い腰痛が消えています。これは一体……。

東京では感じたことのないエネルギーが、からだのなかに流れ込んできます。とりあえずお腹もすいたので、レンタカーを借りてランチへ向かいました。予約しておいたイタリアンレストラン「ボスケット」を目指します。

駅から十五分くらいしか走っていないのに、見渡す限り平原の、その入り口に、手づくり感のある店がありました。ひゃ〜、ここすっごいね。この荒涼感、まるで「嵐が丘」の舞台みたい。いや、デレク・ジャーマンの庭か、とひとり興奮。

花咲ガニを丸ごと使ったスパゲッティをいただき、次は根室半島南側、花咲岬突端にある花咲灯台へ行ってみました。白と赤の可愛い灯台は、「日本の灯台五十選」にも選ばれているそう。灯台のなにがひとを引きつけるのでしょうか。そこに灯台があるとわかれば、行かないではいられません。

雨が降ってきました。風が強く、傘をさすことができないくらいです。他にひとはおらず、海は荒れて、大自然の力強さにおののきます。が、そのなかに身を晒しているると、からだや脳に溜まったゴミのようなものが一気に吹き払われていくのを感じます。寒い！　でも清々しい。これを求めていたんだな。

悪天候のなかでも腰は軽く、いつもはよく動かない足もスタスタと歩いています。からだが新しいエネルギーのなかで生まれ変わったかのようです。

翌朝、ずっと降り続いた雨が止むと、見事な快晴が広がりました。晴れるとまるで別の世界が出現するのですね。空も海も色が濃い。雄大な自然のそばにいるという感覚が強烈に迫り、東京の暮らしが脳内から吹き飛んでいきます。さらなるエネルギーが満ちていく。

根室二日目は、まず日本の最東端といわれる納沙布岬《のさっぷみさき》（口絵）に行ってみました。ここへはオホーツク海側と太平洋側の両方からアクセスすることができますが、見える風景や大地の印象がかなり違います。風にしなる草原の向こうに海と空の深い青が広がるオホーツク海側の道路から見る景色は厳しい美しさで、その荒涼感と、時折、現れる海沿いの昆布漁師さんの家らしきブルーや黄色にペイントされた住宅が、以前旅したアイルランドの海岸線の風景に酷似していました。

岬からは北方領土も見晴るかすことができます。望郷の岬公園は独特の雰囲気でしたが、海はただ、白い波しぶきを上げるばかりです。

太平洋側の道を通って街のほうに戻り、今度は根室半島が太平洋に突き出したところにある落石岬《おちいし》に行ってみました。

断崖絶壁の雄大な岬は、遠近感を失いそうになります。まだまだ知らないことがあるのだなあ、と実感。断崖絶壁とはいっても、青々とした草で覆われているため、近づいて行って抱きついたり、寝転がったりしてみたくなりますが、立ち入ることはできません。落石岬灯台まで歩く二キロほどの木道もあるのですが、ちょっと寂しい感じで、このときは諦めました。

ＪＲ根室駅から国道四十四号線を十五分くらい車で走ると、道路の前方に突然姿を現す広大な砂州《さす》。それが、一番行ってみたかった春国岱《しゅんくにたい》です。海沿いといっても、ほとんど街中というこんな場所に、幻想的な砂地と森があるなんて。淡く煙っているように見える砂州は、平山郁夫《ひらやまいくお》の日本画のような色合いをしています。

春国岱とはアイヌ語の「スンク・ニタイ」（エゾマツの林）に由来するのだそう。確かにエゾマツ林ですが、どこか違う星の風景にも感じられます。

海から続く湿地帯の上につくられた木道に立つと、右は根室湾、左は白鳥が訪れるので有名な風蓮湖《ふうれんこ》。その湖のなかにある約六百ヘクタールの湿地と原生林が、白みがかったグリーンで続いています。有史以来手つかずということここは、二〇〇五年にラムサール条約の登録湿地になりました。

だれもいない木道を歩いていくと、風の音しかしないなかに、わずかになにかの気配が感じられます。まさに、森は生きている。

木道は砂州に入る手前で終わり、なかに行くことはできません。手すりに腰掛けて休んでいると、エゾシカの親子がのんびり草を食《は》みにやってきました。近くまで行っても、こちらに気づいているのに逃げる気配もありません。人間に慣れているのか、守られていることを知っているのか、悠々といつまでも食事を続けていました。

ところで、納沙布岬へ行く途中、海から続く川を渡ったとき、不思議なことがありました。秋の陽射しに照らされて、川はのんびりと蛇行し、その形が美しく、また、何か気配も感じて、車を降りてみました。青空のもと、草に覆われた河岸をじっと眺めていると、どういうわけか、アイヌの子どもたちや家族が楽しそうに遊んでいる姿がありありと目に浮かんできました。ここはアイヌの人々と関係がある場所なのだろうか。もちろんこの地域全体が関係あるのだろうけれど。

その夜、明治の冒険家で、北海道の名付け親であり、アイヌの人々と親しく交流し、書物にも著した松浦武四郎のドキュメンタリー番組をたまたまテレビで観ました。

あのノッカマップ川は、アイヌと松前藩との戦いに深い関わりがある場所だと知り、複雑な気持ちになりました。東京に戻ったら、いままであまり興味を持ったことのなかったアイヌ民族のことをもっと知りたい、と強く思いました。

たった二日間の根室。でも、わたしの頭とからだのなかには、新しく出会ったもののやことが激しく渦巻いていました。根室のことをもっと知りたい。この土地の来歴も勉強したい。そしてまた戻ってきたい。そんな気持ちでいっぱいになったのです。

この旅をするきっかけになったインスタグラムは、VOSTOK laboというアカウントでした。プロフィール欄には、ＪＲ根室駅前ターミナル内に毎月十日から十五日までオープンするカフェ、とあります。カフェの写真はとても素敵ですが、駅のなかにあるようには見えません。ちょっとドキドキしながら訪ねてみました。

昔ながらのお土産屋さんの隣に、北欧風のさっぱりとしたインテリアのカフェがありました。ドアを開けると珈琲のいい香りがします。カウンターの上にはキャロットケーキやクッキーなどがたっぷりと盛られ、キッチンには大きなオーブン。その奥の壁一面に貼られたウィリアム・モリス風の壁紙が、森の隠れ家のアトリエといった洒落た雰囲気を醸し出しています。

ここを営むのは、ふたりの若い女性、中村美也子さんと野崎敬子さんでした。東京から、二〇一五年に移住してきたそう。先に移住した友人に誘われて訪れた根室の自然に惹かれ、根室で仕事をつくることを目標として、市の移住交流推進員としてもイベントを開催するなどの活動をされていました。

移住と一言で言っても、見知らぬ土地に住んで仕事をするのはそう簡単なことではないでしょう。でも、彼女たちにはのびのびとした明るさがありました。料理を生業とするひとはタフという印象がありますが、一見楚々とした雰囲気のなかに豪快な健やかさが感じられ、すっかり魅了されてしまいました。

カフェを拠点にして、根室と近郊の地元産の食材を使った料理やお菓子を研究し、さまざまな生産者とネットワークで結びつき、あるときは森で摘んだベリー類なども使って自分たちならではの味を創造する。びっくりするほどおいしい焼き菓子やケーキは全国のフェアやイベント、雑貨店などに卸し、その仕事で旅をしながら、また根室で新しいものを生み出していく。なんて素敵な暮らしなのでしょう。

自然、歴史、ひと……根室には何かがある。多分、新しい時代を生きるための何かが。短くても濃厚な、そう感じないではいられない旅でした。

朝昼晩と表情を変える
春国岱。
原初の地球に思いを馳せ
いつまでも眺める。
風が砂州を渡っていく

心が震えた言葉

ふと出会った、言葉。けっして大仰なものでも、大きな声で発されたものでもないけれど、本のなかで、あるいは仕事の場で、またあるときは思いがけない会話から、深く響くなにかを感じ、強い印象が残ることがあります。春の土に落ちた小さな種のように、わたしの心に発芽した三つの言葉をご紹介しましょう。

「掃除は命への礼儀」

陶仏を制作するアーティスト、二見光宇馬さんの言葉です。
京町家に住み、日が昇らないうちから起きて、まず掃除をする、という二見さん。
玄関を入ると、小上がりに一つ置かれた仕事机が、息を呑むほど美しく佇《たたず》んでいました。

「死んだ後に身の回りの物がそのひとを語る。だから毎日が死ぬ準備というか、その瞬間を整えておくことはとても大事だと思います」

掃除と死が結びつけられたお話を聴くのは、生まれて初めてのことでした。でも、なるほど二見さんのおっしゃるとおりです。

死は怖くありません、と二見さん。でも、僕だって長生きしたいですよ、と笑います。

「命をいただいて、いろいろな経験をさせてもらっています。生きているということは素晴らしいことです。掃除は、その命に対する礼儀。だから僕の暮らしのなかで、とても大切なものなんです」

命に対する礼儀。その言葉が忘れられず、わたしも雑巾がけをするようになりました。毎日はできないし、掃除機をかけるように簡単にはいきません。肩も腰も痛くて、能率が上がらないので、時間がかかります。

でも、全身を使い、足の親指を床に当てて力強く拭く行為は、いわゆる掃除とは異なる何か、ある種、瞑想的な行為です。

そしてなにより、水拭きした後の清々しさ！

浄《きよ》める、とはこういう気持ち良さをつくり出すことなのだ、と改めて思いました。

「どんなに繁栄を誇った文明でも、他文明の恩恵があっての繁栄であろう」

『イスラームから考える』（白水社）という本の著者、師岡カリーマ・エルサムニーさんの言葉です。

いま、日本のみならず、世界中で暴言・失言が横行しています。

なかでも、自国を過剰に持ち上げ、他国を貶《おとし》めるヘイトスピーチには、いったいどうしてこのようなことが起こるようになってしまったのか、と絶望的な気持ちになります。

一見シンプルな、愛国心というものの正体は何か。

師岡さんの言葉は、それに対する明快な答えだと感じました。

師岡さんは一九七〇年、東京生まれの文筆家です。エジプト人の父と日本人の母の家庭に育ち、カイロ大学政治経済学部で学び、その後ロンドン大学で音楽学士を取得。NHKラジオ日本のアラビア語放送アナウンサーを務め、複数の大学で教鞭を執っている、と本のプロフィールには書かれています。

かつて三年間住んでいたアラブのこと、イスラームのことを、学者ではないひとの言葉で読んでみたいと手に取ったこの本は、思っていたようなイスラームの解説書ではなく、もっと大きく広い視野に立ち、世界を俯瞰するまなざしのもち方が書かれていました。

右に挙げた言葉を含む文節を、少し長いのですが、下記に引用してみましょう。

「人類はさまざまな文明に分かれながらも、互いの交流を通して依存し合い影響し合いながら発展してきた。どんなに繁栄を誇った文明でも、他文明の恩恵があっての繁栄であろう。そのなかで私たちが文化と呼んで誇っている芸術的・科学的偉業の多くは、ひと握りの天才たちが骨身を削り、多大な努力を払って創造してきたものだ。誇るどころか、私たちは人為的な国境を超越して、感謝しつつそれに平伏するべきだと思う。」(「愛国心を育成するということ」より抜粋)

そして、「祖国の文化の素晴らしさがおのずとわかるだけの感性と想像力と教養を育めば、(中略)他国の文化の良さにも素直に感動する心を持つようになるだろう。」(同)という言葉に大きく頷きました。

自国に対する誇りとは、そうした視点からしか生まれないような気もします。

「聴こえないけど、音楽は、感じることはできる」

東京ホワイトハンドコーラスのメンバー、幼稚園児のMちゃんの言葉です。

ホワイトハンドコーラスは、一九七五年にヴェネズエラで発足した子どものための国家的音楽教育プログラム「エル・システマ」から生まれたパフォーマンスです。聴覚に障がいのある子どもたちが、白い手袋をはめて、手話ならぬ「手歌」をコーラス隊とともに歌います。

若き天才指揮者、グスターボ・ドゥダメルをはじめとして、才能のある音楽家を数多く輩出してきたエル・システマは、いまや世界七十ヵ国・地域で展開されています。日本では二〇一二年に福島県相馬市で活動を開始し、相馬子どもオーケストラや子どもコーラスが活発な活動を行っています。

ホワイトハンドコーラスは、障がいのある子どもたちのためのプログラムとして一九九五年にヴェネズエラではじまり、二〇一七年の初夏に東京で「東京ホワイトハンドコーラス」が発足しました。

メンバーは幼稚園児から高校生までの男女十人。同年十月に行われたエル・システマのガラコンサートで、「相馬子どもコーラス」とともに、童謡や、詩人のまど・みちおさんの詩に曲をつけた美しい歌を、驚くべき豊かな表現力で演じ切りました。

ホワイトハンドコーラスの手歌は、ひとつひとつの歌詞に対して、どのような手の表現をするか、子どもたち自身が徹底的に話し合って決めていきます。

詩の哲学的な言葉や、英語やラテン語の歌詞も、子どもたちは見事に理解し、表現します。子どもの理解力を、指導する大人たちがリスペクトしている様が感動的です。本番の日、子どもたちは全身で力いっぱい手歌を演じました。美しく、人間の尊厳を感じる姿でした。人は生まれながらに表現への希求があるのだ、ということを目の当たりにし、涙が止まりませんでした。

この日、本国ヴェネズエラからは視覚やからだに障がいがある男性五人のコーラスグループ「ララ・ソモス」が来日。ラテン気分たっぷりの美声と楽器演奏を繰り広げ、大喝采でした。

公演後の記者会見で、Mちゃんは「聴こえないけれど、ララ・ソモスの音楽がいいなあと思った」と語りました。そして「音楽は感じることができるんだとわかった」と。子どもたちの、そして人間の可能性について、それからずっと考え続けています。

四十代は「人生の土台」をつくるとき

ある仕事で、四十代のころの写真がほしいと頼まれ、当時の秘書が整理してくれていた仕事ファイルを、久しぶりに開いてみました。過去を振り返らないタイプなので、ほぼ見直したことがありません。二十年近くの歳月を経て見る四十代の自分は……。

な、なんだこれ!?

いや〜見ているだけで疲れるわ。傍から娘も覗き込んで、「いややわぁ、おっかないオバハンやんけ」となぜか妙な関西弁に。娘はケラケラと笑いながら、「かあさん、いまのほうがいいよ、こざっぱりして。この写真、怖すぎ〜」。

そのとおりでした。どの写真も、肩に力が入りすぎ、がんばりがみなぎっています。笑顔ですが、目が笑っていない。ああ、苦しそうだ。正直、そう思いました。

背伸びして買ったスーツに身を包み、肩をいからせて写っている自分は、さぞ呼吸が浅かっただろう、と哀れになるくらいです。

このころ、平均睡眠時間三時間。若く体力があったので、月四十本近い締め切りをこなしていました。でも、結局はからだも心も疲れ果て、壊してしまった。そこでおとなしく反省して休めばよかったのですが、「ひとりモーレツ社員」だったわたしは、自分に負けたことを許すことができず、それ以降も無理をし続けました。

当時の写真の貌は、正直、きたないのです。動乱期の、泥まみれ汗まみれの余裕のない貌です。でも、写真を眺めているうちに、もしかしたらそれはそれでよかったのかもしれない、という思いが込み上げてきました。一生に一度、人生のなにもかもが変わっていく、さながら明治維新のごとき動乱期を駆け抜ける、サムライのような時期があってもいいのかもしれない、と。

なぜなら、それから二十年が経ったいま、四十から先の人生すべての土台は、この時期につくられているということがわかるからです。

能力や秘めている力を知る。限界も知る。そしてそれまでの人生にはなかった「諦める」ことも知り、と同時にまだまだ再生力があることも知らされるのが四十代です。

十代から三十代を養分にして伸びていった茎は、四十代で大きな蕾をつけていきます。

花開くのはまだ少し先。

四十代は、おとなとして成熟する第一歩、いわばおとなの一年生。

それは、円熟という大輪の花をあでやかに咲かせるための土台の時期とも言えます。

だから、わけもなく焦ってしまったり、気持ちのアップダウンが激しかったりするのも当然のこと。どんな工事現場だって、職人さんたちは汗まみれで自分の仕事に懸命です。余裕もなくて当たり前。

そんな基礎工事の現場監督である四十代が終わると、そのしっかりとした土台の上に、軽やかな花びらを震わせながら、色鮮やかな花が薫り高く咲くのです。

主たる舞台が工事現場なのですから、そこで生きるのはなかなか大変です。上手に気分転換したり、自律神経を安定させる術ももっていなければなりません。

そんなとき、役に立つのが魂のよりどころです。

社会のなかではなく、心のなかにだけ存在する、あなただけの「平安のサンクチュアリ（聖域）」をもつのです。

それはなんでもいい。音楽でも、だれかの言葉でも、一対のピアスでも。

ただ条件は、社会という規範で判断しない、されないものである、ということ。四十代は社会性の嵐に巻き込まれる季節でもあるので、その圧に屈しない、別次元のスペースを心のなかに確保しておくことが必要なのです。そこでは冷静になれ、素の自分に戻ることができる。傷も癒せる、夢も見られる。そんな場をしっかりとつくっておくことが大切です。

わたし自身は、すべてを仕事に明け渡してしまったことで、持病というつけを払っています。それはそれで多くの学びや気づきもあるのですが、おすすめはできません。

すべてを社会や肩書や立場の犠牲にしてはいけないのです。何人たりともおかすことのできない、自分だけの場所をもつことは四十代の生きる知恵です。

いま、六十代のわたしには、そんな聖域が幾つもあって、毎日が楽しくて仕方ありません。四十代のときには想像もつかないことでした。

そう、あなたにいま、約束できることは、「六十歳になったら想像もつかない華やかで自由な時間が待っている！」ということ。

六十代になると、家族や暮らしの環境が変わり、自分自身の内面も変わっていきます。いろいろなことが手離れし、身が軽くなるのです。

そしてだからこそ、仕事や日々の雑事に追われながらも、家族をはじめとする他者のために生きる四十代から五十代が大切な要なのです。わたしのその時期は、子育てが終わり、一息つく暇もなく介護に突入、なかなか過酷でした。しかし、それを乗り切って還暦を迎えてみると、なんだか気持ちがこざっぱりしているのです。その爽快感は、かつて経験したことのないものでした。

二十代から三十代は、不確実な自分との格闘でした。不安で、自信がなく、ひとのことばかりが気になり、だからおしゃれも苦しくて仕方ありませんでした。しかし、還暦を迎えたらひとの目が気にならなくなり、自由なおしゃれを楽しんでいます。

六十年生きる、ということは、生き物としてなかなか大変なことであるのだろうと思います。この先、まだ二、三十年あるとしても、六十年の歳月は人生なるものを俯瞰してみることを可能にする、大いなる時間なのです。つまり、たいていのことは経験してきて、いつの間にか知恵と工夫の宝庫になっている自分に気づくのです。

どうかそう信じ、人生の基礎工事に勇気をもって、晴れやかに取り組んでください。

英国サマセット州
グラストンベリーにある
瞑想のためのガーデン、
チャリスウェル。
花咲き乱れる
イングリッシュガーデンは
息を呑む美しさ

冬至

初冬の養生

ここしばらく、夏が終わると、秋を楽しむ間もなく冬が来る、といった印象がありますね。季節と季節の合間が短く、それにともなってわたしたちの暮らしも、間の詰まった余裕のないものになってきているような気がしてなりません。

初冬の養生は、がんばりすぎないこと。古来より、冬は骨休め、骨づくりの時期、といわれています。ここで充分に休養を取り、春以降を健やかに過ごしましょう。

特に冬に大切なのは睡眠です。夜は早めに床に就き、朝は日が昇ってから起きましょう。たっぷり眠ることが冬を乗り切るコツ。ベッド周りの灯り、副交感神経を発動させる穏やかな香り、音楽、そして枕や布団などを見直してみるのもいいかもしれません。

眠る前には暖かい部屋で、ゆっくりと短いストレッチを。寒さで姿勢も悪くなり、胸が開かないと鬱々とした気分になってしまいます。あまりいろいろ細かいことにこだわらず、まぁ大丈夫だろう、と考えて、水のようにサラサラとした流れをイメージしてからだを動かしていきましょう。溜め込まず、流すイメージをもつと、からだも心もそのように動きはじめます。

さて、冬至は十二月二十二日ごろです。一年でもっとも日の短い日。陰極まれば陽に転ず、の言葉どおり、寒くてすぐに暮れてしまう一日のなかに、陽の気が小さな若芽を吹くのです。

そんな日を寿《ことほ》いで、柚子湯に入り、カボチャをいただき、邪気を祓って運気を高めます。どちらも生命の色である黄色。柚子にはビタミンCのみならずフラボノイドも豊富で、保湿効果があります。

黄色と合わせて、黒い食べ物もこの季節のもの。黒豆、小豆、胡麻塩、熟成味噌、よく煮た根菜などを食卓に取り入れましょう。

注意しなければならない内臓は腎。腎臓から膀胱、子宮、卵巣と、からだの下のほうに集まっている臓器です。これらの臓器のキーワードを、陰陽五行説では水にたとえます。体内の水の流れが滞らず、冷えないように心掛けたいもの。靴下や湯たんぽなどで温めるだけでなく、大切なのは酸素の供給。気がついたら深呼吸を。呼吸が深く、酸素が行き届くとからだが温まります。

真冬の養生

土用

あるとき、まだあまり使っていないソファの脚がポッキリ折れてしまいました。その直後に冷蔵庫が音もなく壊れ、メガネが鼻から道にずり落ちてテンプルにひびが入り……と災難が続き、ふと暦を見てみると、冬の土用の真っただ中でした。

季節の変わり目にある十八日間。土用というものを、そのとき初めて強く意識しました。

冬の土用は、一月十七日ごろから二十日ごろの大寒を経て、節分まで。養生の基本は夏の土用と同じく、からだと心を整えるために、ゆったりと過ごすことです。そのためには、季節の食材を使った温かな食べ物を、いつもより少なめに食べるのがいいようです。

特に自然の甘みがある黄色い食べ物が良く、サツマイモ、たくあん、味噌、干し柿、玄米甘酒などが昔からすすめられてきました。

ふたつの季節が入り交じり、入れ替わるときは気も乱れる――これはわたしの実感でもあります。

この時期は体調を崩しがちな方も多いと思いますが、慌てず騒がず、自然の気の流れに敏感であることを、良いことだと捉えていきましょう。我が家のソファや冷蔵庫も買い替えどき、直しどきだったのだと思います。そういうことを物から無言で教えられること、ありますよね。

冬の音読み「トウ」は、「蓄」の字と関わりがあるそうです。新しい春へ、エネルギーを蓄えるべく心もからだも休息させてあげましょう。

忙しい毎日を送っていると、いまがいつなのか季節がわからなくなることがあります。そんなとき、街の風景がグレー一色に見えるような気がします。

暦は四季の彩りを思い出させてくれる日本古来の知恵。それが説くことは、季節の変わり目には暮らしの速度を落としてゆったり過ごし、旬のものをシンプルに調理して食べ、過食を控え、からだを冷やさない。四季によって違いはあっても、からだと心のための暮らし方のコツは、基本的にこの四つと言えます。

どんなに時代が変わっても、そしてストレスフルないまだからこそ、時折、そこに立ち返ってみたいものです。

おわりに

この本は、二〇一七年の一年間、講談社のウェブマガジン「mi-mollet（ミモレ）」で連載したコラム「美の眼、日々の眼」のなかから抜粋し、まとめたものです。

元日からスタートした連載は、わたしにとって初めてのことばかりでした。ウェブ上で書くこと、横書きの「ですます」文体、読みやすいように行間を空けること、毎週の締め切り、しかも写真も自分で撮らなければなりません。最初は不安になりました。週一回の締め切りはすぐにやってきます。どんなテーマを書くか、そのことで頭は一杯でした。

けれどいま、当時を振り返ると、あれほど締め切りに追われた日々が、なぜかたっぷりと色鮮やかな時間となってよみがえってくるのです。

失敗した写真を撮り直そうとしゃがんだ、その足元に咲くスミレの濃い紫、テーマを探しあぐねて仕事場から見上げた夏空の輝く青さ……。二十代で仕事に就いてからずっと走り続けてきたわたしが、初めて生きる歩調をゆるめ、日々の暮らしで出会う美と親しんだ、特別な時間でもあったのだ、と気づきました。

もうひとつ特別だったことがあります。それは、毎回驚くほどたくさんの、長い、情熱に溢れたコメントを、読者のみなさんからいただいたことでした。直接、感想を聞くこと、しかも掲載された直後から、生きた会話を双方向で交わせることの喜びは、計り知れないものがありました。

本書を初めて手に取ってくださった方には、たとえ六十歳を過ぎても、ひとは生まれたての赤ん坊のような新鮮さで世界に出会うことができる、と伝えたいと思います。人生に希望をもって生きてほしい、と。

最後に、毎週、あたたかい言葉で背中を押してくれたmi-mollet編集部の川良咲子さん、忍耐強く単行本化の作業に取り組んでくださった相場美香さん、美しいイラストで表紙を飾ってくださったイラストレーターの山本祐布子さん、そして敬愛するレスパースの縄田智子さんに、この場を借りてお礼を申し上げます。

最後まで読んでくださり、本当にありがとうございました。

あなたに寄り添う小さな美の世界が、いつも優しい助けとなりますように。

光野 桃

二〇一八年六月

光野 桃（みつの もも）
エッセイスト。東京生まれ。小池一子氏に師事した後、女性誌編集者を経て、イタリア・ミラノに在住。帰国後、文筆活動を始める。一九九四年のデビュー作、『おしゃれの視線』（婦人画報社）がベストセラーに。主な著書は『おしゃれのベーシック』（文春文庫）、『実りの庭』（文藝春秋）、『感じるからだ　からだと心にみずみずしい感覚を取り戻すレッスン』（だいわ文庫）、『あなたは欠けた月ではない』（文化出版局）、『森へ行く日』（山と溪谷社）、『おしゃれの幸福論』『自由を着る』（以上、KADOKAWA）、『白いシャツは、白髪になるまで待って』（幻冬舎）など多数。
公式サイト 桃の庭／Facebook 公式ファンページ
Instagram　@mitsuno.momo

イラスト　山本祐布子
ブックデザイン　縄田智子　L'espace
写真　光野 桃

本書はwebマガジン mi-mollet の連載「美の眼、日々の眼」を加筆、改筆し、再編集したものです。

これからの私《わたし》をつくる29の美《うつく》しいこと

二〇一八年七月十八日　第一刷発行

著者　光野《みつの》 桃《もも》
発行者　渡瀬昌彦
発行所　株式会社 講談社
〒一一二-八〇〇一
東京都文京区音羽二-十二-二十一
電話　編集 〇三（五三九五）三五二九
販売 〇三（五三九五）四四一五
業務 〇三（五三九五）三六一五
印刷所　慶昌堂印刷株式会社
製本所　株式会社国宝社

ISBN978-4-06-512313-3